小説の読み方・論じ方

『帰郷』についての10章

十九世紀英文学研究会 編　渡 千鶴子 責任編集
北脇 徳子・木梨 由利・筒井 香代子 編著

音羽書房鶴見書店

はじめに

一〇代のころ、お気に入りの作家が芥川賞を受賞した。受賞作ではなかったが、興味を持ったある作品を何度も読み返した。しかし一点だけ腑に落ちなかった。そこでその箇所の意図を説明してほしいと作者に手紙を差し出したことがある。律儀なその作家から「作品は作者の手を離れた時点から、作品は読者のものです」と返信があった。明解な回答のないことに不満を覚えた。「なんと馬鹿な質問をしたのか」と苦笑するが、その時は大真面目だった。その後、非常勤講師をしていた大学で、この作家の講演会が偶然開催された。「若者とは一体何か。どうあるべきかまで講演していただく」と書かれたチラシを手にして、会場へ赴いた。盛況な講演会であったが、チラシにある問いへの回答は語られず、学生たちは不満に思っているようだった。その様子に若き日の自分が蘇った。

昨年一一月チャットGPTが公開された。新学期を目前に控えて、教員たちの顔色は冴えなかった。三月、教え子が「多くの先生は、学生がチャットGPTを使うことを嘆いているが、僕なら、AIのレポートと自分のものを提出して、どちらが優れているか判断してもらいたいと言うよ」と言った。自分の意見の確立がいかに重要であるかを分かっている意見に、ほっとした。その後も、AIが話題に上らない日がないほど、過熱気味である。「AIが人間の知性を超えるシンギュラリティを迎える日が来るだろう」や、「人間と同様のことができる汎用ＡＩが出現するかもしれない」といった議論が喧しい。昨年、ＡＩＢＯ（アイボ）に接する乳児の動画が親戚から送られてきていた。彼女は初めは怖くて、アイボに向き合えなかったが、そのうち怖々手を出し、笑みを浮かべて触れるようになった。それを見て安堵した。人間疎外型ではなくて、共存し合えるＡＩを望んでいる。

さて、我々の研究会も今年で三八歳を迎える。数年間隔で論文集を発刊してきて、『帰郷』で五冊目になる。ハーディが『帰郷』を『ベルグレイヴィア』に連載した後、三巻本でスミス・エルダー社から出版した年齢と奇しくも重なる。当時、ハーディは芸術と生業との関係性の間で揺れ動いていた。そのことは、「いつの日か高い志を持ち、作品全体における適切な芸術的バランスに強くこだわる人になるだろう。しかし、当面私は、連載の名手であることだけを望まれているような環境にいる」や、「立場上、小説を書くという環境にいる。それゆえ、風俗習慣に題材を見つけなければならないと思う。しかし風俗習慣には関心がなく、ただ人生の本質だけに関心がある」などから辿ることができる。彼には世間の桎梏が付き纏っていたのだ。作家ハーディが、芸術に強い関心を抱くのは自然であろう。「もし〈自然〉の欠点が面と向き合って文章化されなければならないのなら、詩や小説の《芸術》はどこから生まれるのだろう。確かにそれらは芸術を示さなければならない。そうでないのなら単なる機械的な記録になってしまう。私は、これまでは認知できなかった美に基づいて、これらの欠点を著すところに芸術があると思う。表面には『かつてなかった光』だが、心の目には隠れているのが見える光によって、欠点が輝き出されるところに芸術はあるのだ」と記している。芸術論ともいえるこの主張は、作品『帰郷』にも確認できるように思われる。冒頭部で、「最も普通の旅行者にとって、アイスランドのような場所が、南ヨーロッパのぶどう園やギンバイカの庭になるかもしれない。そして彼がアルプス山脈からスヘーヴェニンゲンの砂丘へと急ぐ時、ハイデルベルクやバーデンを、顧みることなく通り過ぎていくかもしれない」と描写している。ハーディはこの箇所を捉えて、「連想の美は、様相の美より完全に優る。最も素晴らしいギリシアの壺より、最愛の親戚の馴染みのある壊れた大ジョッキの方が優るのだ。逆説的に言えば、醜さの中に美を見ることなのだ」と喝破している。理系のある人がここを読めば、「科学なら誤解を招く表現はNG。ストレートに事実のみを表現することが求められる」と言って一笑に付すだろう。

ここで、執筆内容についてごく簡単に触れておく。ハーディは『帰郷』の登場人物の重要度をアーサー・ホプキンズに知らせている。本書の最初の方は、これを逆に配列した。第一章はヨーブライト夫人で、第五章のユーステイシアと共に「怒り」を扱っている。読者によっては、流布している心のトレーニングであるアンガーマネジメントを思い起こすかもしれない。第二章は、一見トマシンの付属物のように思えるが、実はそうではないヴェンの重要性を論じている。ナンバーツーのユーステイシアへのアプローチには、性の多様性を論旨にした章、クリム、ワイルディーヴ、ヴェンとの絡みを軸にした章、ボヴァリー夫人との比較の章がある。重要度ナンバーワンのクリムの考察は第三章で、彼の悲劇性を検証している。村人の発言をゴシップから捉えた論考、そして、一九世紀小説の主要な役割を果たす手紙の論及や、同世紀の視覚文化と悲劇やパストラルとの関係を探った論究もある。研究の方向性は様々だが、いずれもテクストそのものを詳細に分析して、作家ハーディの人間性を照射しており、自分なりのテーゼを持っている。それが読者諸氏にうまく伝われば、研鑽の成果が実ったことになる。また、本書が学生に『帰郷』を読んでみたいと思わせ、読むことで学生の価値観の形成に資することができれば幸いである。

論文集の出版は、会員たちが外の風に当たることで、刺激を受け、示唆を与えられて、視界を広げ、さらなる研究への意欲を高めて、より豊かに成長したいためでもある。研究会が発足した当時と比べると、情報の入手は格段に簡便になった。その情報の海に飲み込まれないように、自らの探求心に従って、じっくり思索する時間を大切にしたい。

本書籍がハーディ研究に裨益でき、楽しんでいただけることを切に願っている。

二〇二三年一二月

渡　千鶴子

目次

はじめに……渡　千鶴子　i
第一章　荒野を歩くもう一人の女、ヨーブライト夫人
――『帰郷』における怒りのメタファー――……風間末起子　1
第二章　『帰郷』におけるヴェンの役割……木梨　由利　23
第三章　エグドン・ヒースはわたしの王国
――クリムが示す悲劇性――……筒井香代子　45
第四章　『帰郷』に垣間見る性の多様性
――ユーステイシアとクリスチャンの場合――……渡　千鶴子　68
第五章　『帰郷』におけるユーステイシア・ヴァイの怒りについて……杉村　醇子　87
第六章　ユーステイシアと三人の男性……北脇　徳子　106

第七章　『帰郷』における村人の発言について
——ゴシップを中心に——　橋本　史帆　126
第八章　手紙から読むエグドン・ヒースの世界　高橋　路子　146
第九章　悲劇、パストラルと一九世紀視覚文化
——『帰郷』における大きなものと小さなもの——　金子　幸男　167
第一〇章　ユーステイシアとボヴァリー夫人　高橋　和子　187
あとがき　木梨　由利　209
索引　220
執筆者紹介　224

第一章　荒野を歩くもう一人の女、ヨーブライト夫人
――『帰郷』における怒りのメタファー――

風間　末起子

一

クリム・ヨーブライトの母親であるヨーブライト夫人の人生は息子クリムへの溺愛と苛立ち、そして息子の妻ユーステイシアへの嫉妬と反感の中で展開している。[1]

マージョリー・マコーミックは、その著書の中で、ヴィクトリアン・マザー全般におけるステレオタイプ的な特徴は愚かさと利己心であるが、その母親に、作家や読者がどの程度共感しているのか、またその母親が強さを持っているかどうかが、一九世紀全般の母親から、一九世紀後期の「過渡期の母親」を分ける特徴であるとしている。この「過渡期の母親」とは、『ダニエル・デロンダ』出版の一八七六年から『息子と恋人』出版の一九一三年までとされており、ヨーブライト夫人は、母親としての力を息子に行使する強い母親であるから、この「過渡期の母親」に分類されている(110–13, 115–16, 121–22, 145)。なお、マコーミックが区分する、次世代の二〇世紀の母親については、破壊的な力と、育み創造する力の二つの相反する力が複雑に混在し二つが統合されている母親「ラ

ムゼイ夫人やムーア夫人」で、彼女たちは共感、賞賛される人物として描かれると分析されている(137, 141–76)。[2]

ヨーブライト夫人は知的で洞察力に富んだ母親であるが、彼女の助言や忠告が拒否された途端に、如何に破壊的な力を持っているのかがわかる母親である。本稿では、ヨーブライト夫人が劇的な死を遂げる、四部「開かぬ扉」に焦点を当てて、破壊的な力、言い換えれば、人間の苦悩の本質がどのように描かれているのかに注目してみたい。夫人が荒野を歩く場面にはキリスト教と異教の混在、つまり、アダムとエバの原罪と、魔女の怒りが跳梁している。[3] 原罪と怒りは夫人の中で溶け合って、人間性の本質をあぶり出している。

二

『帰郷』の四部のタイトル「開かぬ扉」は、「門をたたきなさい。そうすれば、開かれる」(マタイによる福音書七章七―一〇節)と説くイエス・キリストの教えを想起させるので、聖書の教えの逆説的効果を狙ったタイトルである。四部一章「池のほとりの出会い」は、ヨーブライト夫人と息子の妻ユーステイシアの壮絶な口論で幕が開く。

二人の口論は、ヨーブライト夫人が息子クリムと姪トマシンのそれぞれの結婚を祝うつもりで贈った金貨にまつわる誤解から生じている。金貨五〇ギニーずつが渡されるはずが、間違ってすべてがトマシンに送り届けられるという行き違いが生じたのである。結局、金貨の行方の謎は解け、息子と姪に五〇ギニーずつが正しく贈り届けられることになるが、その後もクリム夫妻とヨーブライト夫人の仲違いと疎遠は続く。

その確執のさなかに、紅殻《ベンガラ》売りのディゴリー・ヴェンが、クリム親子の和解の仲介役として、『リア王』（一六〇五―〇六）のケント伯のような役目を演じている。[4] 結婚から二ヶ月もたたずに眼病を煩い、エニシダ刈りに身を落としたクリムの苦境について、ヴェンはヨーブライト夫人に詳細を報告する。すると夫人はすぐに息子に会って和解をしたいと言う。

「紅殻屋さん、正直なところ私も行こうと思っていたの。仲直りできればうれしいし。結婚が解消されるわけではないし、私の寿命も短いかもしれないし、安らかに死にたいからね。（中略）こんどは息子のことを許しましょう。私、行きますよ」（四部四章）

同じ日に、オールダーワースに住む息子クリムも同じ思いに駆られている。クリムは母親に会って和解するつもりであると妻ユーステイシアに告白している。

「今日家を出てからね、ユーステイシア、ぼくとお母さんのひどい諍いをなんとかしなければと考えていたんだよ。ぼくの悩みだったから。（中略）だから、お母さんを訪ねてみようと思

っているんだ。（中略）お母さんは歳をとっていくし、寂しいだろうし、それにぼくはひとり息子だからね」（四部四章）

奇しくも同時に告白される和解への希望、これが同時進行している点において、四部は劇的な場面展開の準備段階となっている。

ユースティシアとクリムは荒野を頻繁に歩くが、ヨーブライト夫人も荒野を歩いている。特に夫人が荒野を歩く、四部五章の「荒野を横切る」は秀逸かつ劇的な章である。多くの引喩と伏線が悲劇のための効果的な演出をしているからである。

八月三一日木曜日の昼の一一時に、夫人はブルームズ・エンドの自宅を出発する。荒野を歩きながら、夫人は「蜉蝣《かげろう》の類いが狂気じみた快楽の時を過ごしている」のを見たり、水が干上がった泥だらけの池の中で「無数のうじ虫が楽しげに上下にのたうつ」のを目にする。和解という希望を抱いていたからこそ、些末な生き物を鑑賞するゆとりが持てたのである。蜉蝣とうじ虫の楽しげな動きは、夫人の高揚した気分が感情移入された描写と解釈できよう。許しの心は、親子の愛情に基づくものであるが、同時に、キリスト教の寛容の精神をも連想させる。

続いて、夫人が遠方から見た小さな虫は、エニシダ刈りをする男につながっていく。その男は褐色の荒野と同じ色で、荒野と見分けがつかない。夫人の目には、このエニシダ刈りが荒野を這う虫に見える。それほど男は自然と同化しているのである。

一心に働くその人は、虫けら同然にしか見えなかった。彼は、虫が衣類に穴を開けるように、日々の労働で荒野の表面に穴を開けて暮らしていた。シダやエニシダやヒース草や地衣やコケ類のこと以外には地上のことは何も知らないで、荒野の産物にひたすら没頭している、荒野の寄生虫のように見えた。

先述の池の中のうじ虫は希望の比喩であったが、同時にうじ虫は聖書的な引喩として死骸や塵芥《ちりあくた》をも連想させる。原始生物にことさら焦点を当てるのは、ダーウィンの進化論 [*On the Origin of Species by Means of Natural Selection* 1859] に触発されたハーディの常套的な描写である。つまり、虫と人間を同列に置くことは、闘争渦中にある生命体としての人間存在の強調である。その意味で、地を這う虫のような男の様相は、人間と虫を同列におくハーディの人間観の延長と言える。

生存競争の負け犬〔虫けら〕に喩えられるクリムの姿は、次は、へし折られた九本の樅の木立に転移していく。夫人がたどり着いた塚〈悪魔のふいご〉に見られる、九本の樅の木の無残な様相は猛暑に疲弊した夫人の姿の投影でもあるし、同時に、この自然の惨状は、先述した自然淘汰、適者生存のダーウィン的な自然観を強調するためのハーディの常套的な自然描写である。[5] この九本の樹木の立ち枯れは、メシア到来の予言の引喩であろう。以下はキリストの生涯を予言するイザヤ書の五三章である。

彼は軽蔑され、人々に見捨てられ、
多くの痛みを負い、病を知っている。
彼はわたしたちに顔を隠し
わたしたちは彼を軽蔑し、無視していた。
彼の担ったのはわたしたちの病
彼が負ったのはわたしたちの痛みであったのに
わたしたちは思っていた
神の手にかかり、打たれたから
彼は苦しんでいるのだ、と。（五三章三―四節）

こうして、生存競争の渦中の虫と、虫のように働くクリムと、人生という闘技場に置かれた夫人と、立ち枯れの樹木と、虐げられたキリストの試練のすべてが等式で結ばれる。すべてが受難の中に置かれているが、それが何を意図するのかは、次のリンゴの実に群がるスズメバチの描写に答えが用意されている。人間の原罪が問われているのである。

早稲種の小さなリンゴの木が、門のすぐ内側に植わっていた。（中略）地面に落ちたリンゴの実には、スズメバチがその汁に酔いしれてグルグル回っていたり、食いつくした一つ一つの果

実の小さな穴の周りを這い回って、その甘さに気も遠くなりかけていた。（四部五章）

右記の引用は、創世記三章のアダムとエバが知恵の果実を食べた場面、つまり原罪の引喩である。では、和解という許しの行いをする夫人はなぜ苦しむことになるのか。アダムとエバの原罪の顕在化としてのヨーブライト夫人、それを償うために寛大な行動に出る夫人、原罪を償うためのキリストの試練という一連の流れは、のちの夫人の受難と死を考えると、きわめて逆説的で救いがない。不可知論者のハーディは、寛容、許し、救済という新約聖書が説く教えを覆している。むしろ、ハーディは、翻弄される人間の悲哀や、運命という不明瞭な摂理の中で不当に苦しむ人間の営為の不条理を強調する。[6]

三

前節の冒頭でも述べたように、人物たちの行動が同時発生的に起こることで劇的迫力は高まっていくが、次に起こるのはワイルディーヴの訪問とヨーブライト夫人の訪問の同時性である。トマシンの夫で現在は居酒屋の亭主であるワイルディーヴは、ジプシー踊りの興奮を忘れられないまま、昔の恋人ユーステイシアの家を訪ねるのである。

彼は、夫人が先ほど見た通りの様子で、屋敷を見回してから、門を入って扉をノックした。二、三分たって鍵が回され、扉が開いた。そしてユースティシア自身が、彼の目の前に立っていた。（四部六章）

ユースティシアはワイルディーヴには扉を開くが、ヨーブライト夫人には開かない。聖書では、叩けば門は必ず開くと説くが、ハーディの世界では、人間の営為に対して許しは与えられない。代わりに与えられるのは、魔女のようなユースティシアの顔と帰路のマムシである。

こうして二人［ユースティシアとワイルディーヴ］が彼［眠っているクリム］を見ている時、門にかちんという音がして、扉を叩く音がした。ユースティシアは窓のほうへ行ってのぞいてみた。（中略）「ヨーブライトのお母さんよ。ああ、あの日私にあんなことを言っておいて、訪ねてくるなんて、おかしいわ——どういうつもりかしら。私たちの昔のことを疑っているのよ。（中略）扉を開けるなんてできないわ、私は嫌われているのに——私ではなくて、息子に会いに来たんだわ。扉は開けないわ！」

ヨーブライト夫人はもう一度もっと大きく扉を叩いた。（四部六章）

ユースティシアは、右記のように、一回目のノックを聞いた時、当惑のあまり扉を開けることができない。二回目のノックを聞いた時は、昼寝中のクリムの寝言「お母さん」を耳にして、目を覚ました夫が扉を開けるだろうと都合よく考える。一方、夫人は窓からのぞくユーステイシアの顔を見てしまうから、扉を開けないのは息子夫婦の悪意であると誤解する。

こうして夫人は炎天下の荒野に投げ出されることになる。扉を開けないユーステイシアは知恵の実を食べたエバなのか。扉を叩く夫人はキリストなのか。あるいはユーステイシアは異教の世界の魔女なのか。夫人は鉄槌を受けた魔女から仕返しをされた、もう一人の魔女なのか。それともユーステイシアは性悪のゴネリルとリーガンで、夫人はリア王なのか。引喩に富んだ場面にはさまざまな要素が総動員され、混じり合い、溶け合い、読者の想像力を幾重にも刺激して、その解釈は重層的なものとなる。ここでも、異教世界の魔女と、キリスト教世界のエバ〔原罪〕が混在して、夫人とユーステイシアの確執のドラマが寓意的に展開している。

ユーステイシアの魔女の要素は何度も読者にすり込まれてきた。上山安敏は、高度な古代文明を生み出した地中海世界の信仰と、新興の宗教であるキリスト教の衝突から、魔女の原型が作られたことを解説している。父性宗教のイスラエルのユダヤ教とキリスト教が地中海世界の太母神や地母神の母性宗教を制圧しようとした経緯の中で、アルテミス＝ディアナ信仰がマリア崇拝に変容し、キリスト教の徐々なる浸透の中で、両者の融合と妥協がはかられ、同時に異教を悪魔化させていった。やがてキリスト教がアルプスを越えるとケルト、ゲルマンの神々をも、キリスト教化の中で、悪魔に変えられた。こうして悪魔に仕えるものとしての魔女が登場する（一八―三八、六〇）。魔女の特性は、子殺し、人食い、夜間の浮遊、共同体から閉め出された異界の佳人などである。また、上山が言及する『魔女への鉄槌』(一四八六)では、意地の悪い女、信仰心の薄い、好色の女が魔女の対象とされた(六六、九二、一一二―一一三)。

右記の魔女の特徴はユーステイシアに反映されている。スーザン・ナンサッチは息子ジョニーが篝火《かがりび》を焚いたせいで病気になったと信じているから、編み棒でユーステイシアの腕を刺して魔女の呪いを解こうとした。果ては病気の息子にかけられた呪いを解くために呪詛の人形をつくってユーステイシアを呪い殺そうとしている。魔女狩りは一三世紀に始まり一七世紀後半まで続いたが(高橋 一六三)、一八四〇年代のエグドン・ヒースでも、女性差別の表象として、孤立した美貌の女に魔女の烙印が押されている。ユーステイシアの容貌には異教の女神の威厳と地中海的な魅惑が強調されて(一部七章)、エグドンの村人から魔女と噂されていた(一部五章、二部二章)。ヨーブライト夫人も、堅気の女は荒野をうろついたりしないと酷評し(三部五章)、息子の結婚に反対する際には、ユーステイシアを怠け者で不平家と嫌悪し、トマシンの夫の元恋人という噂からユーステイシアの倫理観の欠如を糾弾している(三部三章、三部五章)。

この構図の中で、ヨーブライト夫人は、魔女のレッテルを貼られたユーステイシアを退け、キリスト教に与しているから(夫人は副牧師の娘、Stave 61)、魔女のアンチテーゼとしての聖母マリアの役割、つまり魔女を糾弾する側の、父権的な人物となる。だが、無原罪のマリアは魔女に対立する者ではなく、両者はコインの裏と表である。

サンドラ・ギルバートとスーザン・グーバーは、女性作家に立ちはだかる障害として、毒リンゴを食べて死んだ白雪姫が横たわるガラスの柩［天使を囲う家父長制度］と、邪悪な王妃に代表される自滅性を挙げている。女性［作家］には天使と妖怪のこの二つの障害が立ちはだかる(43-44)。天使と妖怪はどちらも女性抑圧のグロテスクなアイコンであり、夫人とユーステイシアの両者は、合わせ鏡に写る姿のように同じで、両者は分身である。実際に、スーザン・ナンサッチが息子ジョニーの病気［魔女の子殺し］を理由にユーステイシアを呪っている姿は、息子を騙したと言ってヨーブライト夫人がユーステイシアを呪う姿のパロディである。またマージョリー・ガーソンが指摘するように、夫人もユーステイシアも、クリムを傷つけるという点においては結果的に二人は無意識に結託している(78)。

一九八三年に出版されたフェイ・ウェルドンの復讐物語『魔女と呼ばれて』[7]は、良妻賢母と魔女が表裏一体であることを具体的に教えてくれる。ルースはイギリスの中産階級の主婦だが、良妻賢母の勤めを果たすために日々、「良妻の連禱《れんとう》」を唱えている。「富める時も貧しい時も、幸せな時も不幸な時も、夫を愛し、夫への忠節を怠ってはならない。みんなのために」(30)。実際はルースは夫ボッボ［公認会計士］の浮気相手のメアリ・フィッシャー［美貌のロマンス作家］を憎悪している。ある晩、夫の告発「おまえは魔女だ！」(47)に背中を押されるように、ルースは夫とメアリへの復讐を誓う。魔女と自覚した途端に気分は爽快になり、恥も罪悪感も消え、必死に善人になる必要もなく、自分の欲しいものは手に入れる。こうしてルースは二人への復讐を着実に実行していく。良妻賢母から魔女への転身は次のことを教えてくれる。極端が過ぎるとその向かう先は対極であると。聖女の規範に過度に執着すれば、その規範は容易に崩されて、対極にある魔女へと容易に変貌するのである。生真面目と狂気は紙一重、良妻賢母と魔女はコインの裏表であることを、この女性版ピカレスク小説は教示している。

この意味において、ヨーブライト夫人が窓辺に見たものは、魔女ユースティシアを拒絶してきた賢母の自分自身の姿であり、荒野をさまよう夫人はキリスト教世界から拒絶された魔女ユースティシアの姿でもある。両者は分身であり、境界なく混合する。

四

ヨーブライト夫人がユースティシアに準じて、その壮絶な死を遂げる人物として仕上がっているのは、彼女の生きる原動力が怒りで構成されているからであろう。その憤激がある限り、夫人に穏やかな死は約束されない。

ヴァージニア・ウルフは、『ジェイン・エア』(一八四七)の一二章を取り挙げて、プロパガンダ「作家の主観的な怒り」と芸術は両立しがたいと述べている。「静かな生活に人は満足すべきと言うのは妥当ではない」で始まるジェインのフェミニスト宣言のあとに、「独りの時、私は時々グレース・プールの低い笑い声を聞いた」の展開は唐突な変化であるとして、女性作家ブロンテの怒りが彼女の芸術［小説の構造］を損ねている例証とした(65–67)。ウルフは芸術と作家の個人的な感情は切り離されるべきと考えているのである。事実の提示は芸術とは相容れないと。だが、ジェイン［背後にはブロンテ］の怒りが彼女の生きる原動力であったことも事実である。

ここで、ジェインのように、怒りが女の解放の糸口であった、もう一つの例を挙げてみよう。怒っているヒロインは、若い娘ではなく、二〇世紀後半の老齢の女である。メイ・サートンの小説『今かくあれども』（一九七三）[8]では、七六歳の女性カーロが一人称の主人公として登場する。同じ老人ホームで暮らすカーロの友人スタンディッシュは、「こんなふうに終わるなんて思ってもみなかった」(18, 55)と嘆くが、これに共鳴するカーロは、自分の怒りを具体化させるために、ライターの液体缶を備蓄して、老人ホームの放火をもくろむ。独身のカーロは、数ヶ月前に重い心臓発作で倒れ、再婚した八〇歳の兄ジョンの家に身を寄せるが、ジョンの妻ジニーとうまくいかずにこの老人ホームに居住することになる。カーロは現役の頃は数学の教師で、頭脳も感性も明敏な女性であった。「人間はそれぞれが自分の死を創っていく。死に向かって熟していき、果実が熟した時はじめて落ちることを許される」(19)という考え方で明らかなように、人間の魂の尊厳をカーロは重んじている。カーロもスタンディッシュも、これを蔑ろにする老人ホームとそれを管理するハリエット・ハットフィールドを憎悪するのである。自分自身であり続けるために、カーロは日々の出来事をノートに書き続けていく。そしてもう一つ、この老人ホームを燃やすことが解放への手段と信じている。カーロが幻聴として耳にする、自由の信奉者であったイザベル伯母の声はカーロの宣言でもある。

「おとなしく殺されにいくのは牛だけ。カーロ、あんたには勇気がある。それにおまえは、やつらの思いどおりになって、しょぼくれて運び出されるほど、いかれちゃいない。カーロ、いざ炎の中に！」(124)

怒りの表象としての火災は、老人ホームだけでなく、カーロをも焼き尽くすことになるが、彼女は死を賭して解放を得ようとするのである。

ここで『帰郷』に戻ろう。ヨーブライト夫人の怒りは、彼女を解放するというよりは、比喩化され、客体化され、普遍化されていく。許していたのに誤解されるという矛盾と逆説を抱える複雑な人間の属性を、ギリシア悲劇のコロス、旧約聖書、シェイクスピア悲劇の引喩の中で普遍化していく。

クリムは、母親が帰路の荒野を歩いていた日の夕方、母を訪問するために荒野を歩き始めるが、三マイルほど行った地点で女性のうめき声を耳にする。母親がマムシに脚を噛まれていたのである。近くに草葺き屋根の小屋を見つけ、クリムは母をそこに寝かせる。村人たちも助けに駆けつける。『リア王』では、正気を失ったリア王と、道化と狂人の乞食に扮したエドガー、およびケント伯の掛け合いの中で、ファースとコミック・リリーフとも言える場面が展開されているが（三幕四場）、『帰郷』でもそれを模倣するかのように、マムシに噛まれて息絶え絶えのヨーブライト夫人のそばで、六人の村人は、マムシの治療法や、ヘビに誘惑された創世記の女のことや、ナポレオン戦役時代の義勇軍で活躍したエピソードなど、とりとめも無く話し始める。まさに危急の際の息抜きの場面である（四部七章）。

その次はギリシア悲劇のコロスのように、少年ジョニーが夫人の代弁者として登場する。少年は満座の前で夫人の遺言を暴露する。夫人の怒りは、カーロとスタンディッシュの怒り「こんなふうに終わるなんて思ってもみなかった」をもっと強く言い換えたものである。

「かあちゃん、言いたいことがあるんだよ」と、甲高い声で少年は言った。「あそこに寝ているおばちゃんは、今日、俺といっしょに歩いていたんだ。それでおばちゃんは、俺に会ったこと、おばちゃんが息子に捨てられ胸をかきむしられたって言えって言ったんだ、それから俺は家に帰ったんだ」（四部八章）

ヨーブライト夫人は開かぬ扉の真相について誤解したままだったが、それでも、荒野でクリムと出会った瞬間に確執は消滅し、無言ではあったが、親子の絆を取り戻し、息子を許していたと読み取れる。クリムと荒野で遭遇する前にも、青鷺が飛ぶ光景を見ながら、夫人の心が息子の住居のほうに飛んでいたことからも（四部六章）、許しの心は推察できる。

だが、ここで重要なのは、真相の如何ではなく、ヨーブライト夫人の怒りの言葉を、小屋の中にいるクリムと村人、さらに小屋のそばに佇むユーステイシアとワイルディーヴが聞いてしまうという場面設定にあるだろう。この場面は、『カスターブリッジの町長』でカクソムの婆さんが臨終の床のスーザン・ヘンチャードの言葉を町の人々に劇的に語った場面や、『はるか群衆を離れて』のコガンがファニー・ロビンの死を普遍的事実として受けとめ、ファニーを共同体の一員として互助の配慮の中に置いた場面を想起させる。死という普遍的な事実の共有と、共同体への承認が、スーザンとファニーという端役の女性の死を尊厳あるものにしていた。

ヨーブライト夫人の場合は、ギリシア悲劇のコロス〔真理の代弁〕、旧約聖書のヘビ〔原罪〕、そして『リア王』〔悲劇の中の笑劇〕を総動員させて、夫人の怒りは普遍的な人間の属性の集約として昇華されている。悲劇を司る天の配剤は、夫人の本意を覆し、不用意に吐いた言葉を少年に反復させて、人間を翻弄する。悲劇を司る天の配剤は、夫人の本意を覆し、不用意に吐いた言葉を少年に反復させて、人間を翻弄する。クリムを慟哭へと追いやり、夫婦仲を引き裂き、ユーステイシアとワイルディーヴを死に追いやっている。この意味で、許し、寛容、怒り、憎悪などの複雑な心の揺れ、つまり人間の心のひだを劇的な手法で顕在化させることが、荒野でのエピソードを扱った四部「開かぬ扉」の目的であったと思われる。

五

上山は、魔女は現代の女性運動に支えられて、その評価やイメージが変わり、女性の抵抗運動のシンボルとなったと指摘している（三五二）。エグドン・ヒースは「今も昔も変わりなく馴化されないイシマエル的反逆児」（一部一章）と表現されるので、魔女扱いされ、共同体から排斥された追放者ユーステイシアの姿がそこに重なる。ユーステイシアは、火を焚くというプロメテウス的反逆行為を通して、無意識に、エグドンの反逆の化身となっていた。

ユーステイシアは拘束、規範、限界への反抗の証のために、さらにはワイルディーヴをおびき寄せるために火を焚いたが、一方、義母のヨーブライト夫人の場合も、母親の怒りと絶望を顕現することで、圧倒的な存在感を披瀝していた。エグドンの篝火祭は一年間の人間の業がそこに収束され、それが炎となって焼き尽くされるという意味で、篝火はエグドンに住む人々の業のメタファーと言える。だから、その炎は狂喜し乱舞する巫女ミーナッドに擬人化されていた。

篝火は、酒神バッカスにかしずく巫女ミーナッドのように、赤ら顔で髪を振り乱して踊っていた。いくつもの炎は、頭上の雲の動かぬ固まりを赤く染め、一時的にでき上がった雲の洞穴を赤く照らした。すると、そこはすぐさま焼け焦げる大釜に変わった。（一部三章）

大釜は魔女のシンボルであるから、この篝火は、ユーステイシアはもとより、ヨーブライト夫人の怒りのメタファーと解釈することも可能だろう。この火［怒り］によって、夫人自身も焼き尽くされることがのちに予表されている。次の描写では、荒野での夫人の怒りが残忍な太陽神［西日］に擬人化され、その火が彼女自身を消耗させ、焼死させると示唆されている。

太陽は今はもうはるか南西の方向にあって、まともに彼女［ヨーブライト夫人］の顔に向き合っていた。無慈悲な放火犯のように、手にたいまつを持って、彼女を焼き殺そうとしているようだった。（四部六章）

このように見ると、この小説を彩る、一一月五日の篝火祭が内包する意味の一つが確認できる。ヨーブライト夫人の怒りが篝火の炎に収れんされていると読めるのである。[9]

総じて、『帰郷』におけるヨーブライト夫人の役割は限定的かもしれないし、夫人の存在は若い世代のクリムとユーステイシアの前に立ちはだかる障害、つまり一九世紀小説の中で描かれる、利己的な脅威の母親として解釈できよう。マコーミックは、二〇世紀のラムゼイ夫人やムーア夫人とは異なって、「過渡期の母親」の倫理観は十全ではないと指摘しているが(119)、その過渡期に属するヨーブライト夫人の特徴はまさに破壊的な側面に偏っていると言える。と同時に、ヨーブライト夫人の存在は、ハーディが彼女を真剣かつ同情的に扱っているという意味で、特別な存在でもある。夫人の怒りは人間性についての内省と熟考を促してくれる。息子への母親の溺愛、嫁と姑の確執、息子の結婚への反感と妥協、こうした人間の営為が、聖書のエバや異教の魔女といった寓意を使って、またシェイクスピア悲劇やギリシア悲劇の引喩を使って、多層的に表現され、ハーディの筆にかかるとこのように芸術的に普遍化するということの例証となっている。

怒りは復讐を遂げる原動力になるが、その復讐の火は舞い戻って自分をも焼き尽くす。それでも人は怒りを抑えることができない。こうした怒りと復讐、それとは裏腹の許しと寛容という人間の複雑な内面を、劇的に、比喩的に、みごとに描き出したのが、ヨーブライト夫人の荒野の歩みの場面であった。人間の営為や所業は矛盾に満ちていて、それが引き起こす問題は解決が難しく、答えは容易に見つからない。人間性の光と闇の混じり合いを把握できるのみである。

注

1　『帰郷』におけるヨーブライト夫人とユーステイシアの関係にはハーディの母親ジマイマと最初の妻エマの確執が反映されている (Bullen 54)。また批評家はしばしば、ヨーブライト夫人を取り挙げる時、『息子と恋人』(1913) のモレル夫人とポールの関係に言及している (Boumelha 57; Howe 65)。

2　マコーミックの他にはマクナイトは、ヴィクトリア朝中期の小説家ディケンズ、シャーロット・ブロンテ、サッカレイ、ジョージ・エリオットの作品を取り挙げて、二〇世紀のフェミニストの心理学者たちの著作を援用しながら、主要作品を分析している。ヴィクトリア朝中期までの、「母性」を賞賛するコンダクト・ブック、医学的指南書、雑誌、ヴィクトリア女王というロールモデルの影響と、作家自身の母親との関係性を基軸に、作品中における母子関係を、結合、分離、修復、再結合、再構築の文脈の中で分析している。

3 多くの批評家は『帰郷』が聖書、神話、シェイクスピア作品からの引喩にあふれていることを指摘している(Awano 48–49; Springer 98–120; Paterson 214–22; 福岡 一八五—二〇七)。

4 ハーディは、一八九五年版の『帰郷』の序の中で、エグドン・ヒースが『リア王』の荒野を連想することに言及している。

5 ブレンはダーウィン的な二つの自然描写を取り挙げて比較している。一つ目は母の家を出てからクリムが見た、風雨に引き裂かれたブナの木の惨状(三部六章)、二つ目はヨーブライト夫人が見た〈悪魔のふいご〉の惨状である。前者のブナの木とクリムの関係は共感の関係で、後者の樅の木と夫人の関係は夫人そのものであると言って、両者の微妙な相違が指摘されている(72–74)。

6 キリスト教の「原罪説」の成立と経緯については高橋義人の著書『悪魔の神話学』の四章「原罪という嘘」に詳しい。

7 この小説の日本語訳は拙訳であるが、下記の翻訳も参照した。フェイ・ウェルドン『魔女と呼ばれて』、森沢麻里訳、集英社文庫、一九九三年。

8 この小説の日本語訳は拙訳であるが、下記の翻訳も参照した。メイ・サートン『今かくあれども』、武田尚子訳、みすず書房、一九九五年。

9 パターソンは、プロメテウスのモチーフが『帰郷』に充満していることを指摘し、多くの人物が火のイメージで描写されている例を挙げている(218–20)。

引用文献

Awano, Shuji. *Paradox and Post-Christianity: Hardy's Engagements with Religious Tradition and the Bible*. Yokohama: Shumpûsha, 1999.

Boumelha, Penny. *Thomas Hardy and Women: Sexual Ideology and Narrative Form*. Brighton: Harvester, 1982.

Brontë, Charlotte. *Jane Eyre*. 1847. London: Virago, 1990.

Bullen, J. B. *Thomas Hardy: The World of His Works*. London: Frances Lincoln, 2013.

Garson, Marjorie. *Hardy's Fables of Integrity: Woman, Body, Text*. Oxford: Clarendon, 1991.

Gilbert, Sandra M. and Susan Gubar. *The Madwoman in the Attic: The Woman Writer and the Nineteenth-Century Literary Imagination*. New Haven: Yale UP, 1979.

Hardy, Thomas. *The Return of the Native*. 1878. London: Macmillan, 1974.

——. *The Return of the Native*. 1878. Ed. Simon Gatrell. Oxford: Oxford UP, 2008.

Howe, Irving. *Thomas Hardy*. London: Weidenfeld, 1966.

McCormick, Marjorie. *Mothers in the English Novels: From Stereotype to Archetype*. New York: Garland, 1991.

McKnight, Natalie J. *Suffering Mothers in Mid-Victorian Novels*. New York: St.Martin's, 1997.

Paterson, John. "The 'Poetics' of *The Return of the Native*." *Modern Fiction Studies* 6 (1960): 214–22.

Sarton, May. *As We Are Now*. New York: Norton, 1973.

Shakespeare, William. *King Lear*. Ed. George Ian Duthie and John Dover Wilson. London: Cambridge UP, 1960.

Springer, Marlene. *Hardy's Use of Allusion*. London: Macmillan, 1983.

Stave, Shirley A. *The Decline of the Goddess: Nature, Culture, and Women in Thomas Hardy's Fiction*. Westport: Greenwood, 1995.

Weldon, Fay. *The Life and Loves of a She Devil*. London: Sceptre, 1983.

Woolf, Virginia. *A Room of One's Own*. 1929. London: A Triad Grafton, 1977.

上山安敏『魔女とキリスト教』、講談社学術文庫、一九九八年。

『聖書―新共同訳』、日本聖書協会、二〇〇四年。

高橋義人『悪魔の神話学』、岩波書店、二〇一八年。

福岡忠雄『虚構の田園――ハーディの小説』、あぽろん社、一九九五年。

第二章　『帰郷』におけるヴェンの役割

木梨　由利

一

『帰郷』の主役はエグドン・ヒースであると考える批評家は少なくない。また、サイモン・ガトレルは、エグドン・ヒースを、「ヴィクトリア時代の豊かな小説の歴史の中で最も注目に値する場所」(42) と評し、マージョリー・ガーソンは、ハーディが、ヒースを擬人化していると見て細かく分析する (64–67)。実際、エグドン・ヒースの描写にはそれほどの迫力があり、作品世界の基調を決定する。

しかしながら、プロットを動かして行くのはやはり生身の人間である。『帰郷』の主人公がクリム・ヨーブライトとユーステイシア・ヴァイであることに議論の余地はなく、ハーディ自身の言葉もそれを裏付けている。『帰郷』が『ベルグレイヴィア』に掲載された時に挿絵を担当したアーサー・ホプキンズに宛てた書簡の中で、ハーディは、最も重要な登場人物はクリム、二番目はユーステイシアと書き、さらに、四番目と五番目として、それぞれワイルディーヴとヨーブライト夫人を挙げている (T. Hardy, *Letters* 53)。

興味深いのは、三番目として、「トマシンとベンガラ売り」という二人がまとめて書かれていて、当のベンガラ売りの名前すら記されていないことである。ベンガラ売りというのは、「物語が設定されている一八四〇年から五〇年の間」（一八九五年版「序」）には「すでに廃れかけていた」が、「羊のための赤い顔料を、農場主たちに売り歩く行商人」（一部二章）のことであった。[1] 小説中のベンガラ売りは、二章目で早々に登場するが、彼のディゴリー・ヴェンという名前は、一部四章に至るまで明らかにされない。しかし、ホプキンズへの手紙が書かれた一八七八年二月八日の時点で、四章は、発表済みであったし (Page 366)、ましてや挿絵の担当者であれば、さらに先まで内容を知らされていただろうと推測される。したがって、ハーディが、彼の名前を書いてもなんら問題はなかったはずなのに、ただ「ベンガラ売り」とだけ記しているのは、ベンガラ売りとしての衝撃的な登場の仕方とも関わって、その方がわかりやすいと考えたせいなのであろうか。実際のところ、作品中で、彼が実際にベンガラを商っているという場面は皆無なのであるが、語り手ですらベンガラ売りと呼ぶことが少なくない。

それにしても、トマシンと二人で一組の枠しか与えられていないとは、彼はトマシンの付属物としての位置付けしかされていないのであろうか。『帰郷』に関する評論では、クリムやユースティシアを論じたものが圧倒的に多く、「トマシンやワイルディーヴやディゴリー・ヴェンの描き方があまりにも大雑把であることがこの作品の弱点である」(Seymour-Smith 229) と指摘する論もある。確かに、ヴェンに関しては、彼なりに葛藤があったとしても、クリムの場合のように、それが内面から詳しく描かれることはなく、ユーステイシアの持つ強い個性もないと言えよう。それでも、作品全体を通して彼の言動を見ていくと、その存在は、単にトマシンの付属物などとは片付けられない大きな意味を持つのではないかと考えられる。本論では、ディゴリー・ヴェンの役割を考察する。

二

ヴェンの重要さの一つは、物語の世界への導き手として登場し、プロットを動かしていくことが多いということ、いわば機能としての重要さということであろう。その意味では、冒頭から三章目で村人たちによって帰郷が噂されながら、二部六章まで本人としての姿を見せることのないクリムと対照的ともいえる。

エグドン・ヒースの描写で占められる一部一章の後、「人間登場　苦境と手を携えて」と題された二章で、ヴェンは、他の五人の主要人物の誰よりも先に登場する。五人以外では、彼よりも先にユーステイシアの祖父のヴァイ大佐の姿が描かれるのであるが、彼の素性は次章まで明らかにされないし、また、ここでは、大佐本人についてよりも、彼の目に映った異様な外見の男について語ることの方が重要であると感じられる。すなわち、大佐の存在は、冒頭のエグドン・ヒースの様相から、人間、とりわけ、ベンガラ売りの姿へと読者の目を転じさせる工夫であると感じられるのである。

さて、顔や手も含めて、全身真っ赤なベンガラ売りが、これまた赤い荷馬車の傍らを歩いてくる光景は、まさに衝撃的であるのだが、次いで、語り手は、近くから見たベンガラ売りの様子を描く。まだ若く、男前と言ってもいいほどの顔立ちや姿の良さ、ある種裕福そうな雰囲気などに触れ、読者に一つの疑問を共有させようとする。「このように将来有望そうな男が、このような奇妙な職業を選ぶことで、好感の持てる外観を隠さねばならない理由は何なのだろうか」と。

さらに、荷馬車から漏れる泣き声から、彼が若い女性を乗せていることがわかる。大佐の質問に対するヴェンの口調から、何か、触れられたくない苦々しい事情があるらしいことなど、謎めいた状況も推察される。

同じ章の後半では、ヴェンが、暮れかけていく空を背景に、レインバロウの塚の上に身動きもせずに立つ人の姿を見つけることが伝えられる。動作から女性だとわかるその姿は、荷物を担いで塚へ上がってくる一団を避けるように姿を消す。彼女に興味を抱くヴェンは、読者の注意をもその女性へと導いて行く。

こうして読者はヴェンを通して、荷馬車の中にいるトマシンの泣き声を聞き、また、塚の上にいるユーステイシアの姿をしばし見るのである。ハーディが『ブラックウッズ・マガジン』に原稿の一部を送付して、掲載の可能性を打診した時、ジョン・ブラックウッドは「冒頭の数シーンが小説としてのおもしろさに欠ける」として掲載を拒否した (Page 366) という。エグドン・ヒースを描写した冒頭の一章は難解でもあり、一般受けしそうにないと思われたのかもしれない。しかし、二章に入って、物語は核心に向かって、急速に動き出す。ヴェンはそのための重要な人物であると考えられるのである。

続く数章では荷馬車の中にいた娘についての謎が明らかになる。彼女、つまりトマシンは、その日の朝、ワイルディーヴと結婚するために近隣の町アングルベリーに出かけたものの、結婚許可証の不備から計画は頓挫し、大いに取り乱していたところにヴェンが通りかかったのであった。彼はトマシンを家まで無事に連れ帰りはしたものの、彼女が直面する問題が根本的に解決されたわけではない。しかし、同じ夜、ユーステイシアに駄賃をもらって焚火の番をしていた少年ジョニーの話を聞いて、ヴェンは、トマシンの苦境の背後にユーステイシアの影を感じ取る。

そしてヴェンは、トマシンの問題に深く介入することになる。手始めに、ワイルディーヴとユーステイシアの関係を探る行動に取り掛かり、さらに、トマシンがワイルディーヴと結婚できるように密かに段取りをする。結婚の後数ヶ月間姿を消すものの、戻ると、再び、ヨーブライト夫人などとの関係を深めながら、トマシンを見守り続ける。彼の行動が他の人物に及ぼす影響は全体として決して小さくはない。クレア・トマリンは、『帰郷』を、「シェイクスピアの『夏の夜の夢』を補完する冬の夜の夢として読むことができる」と言い、その中で、「ヴェンはある意味でパックのように」「ヒースをすばやく動き回りながら行動し、プロットに介入する」と述べる（165–66）。パックが一連の混乱を引き起こし、そして収束させるように、ヴェンもまた、プロットを進める上で欠かせない人物というわけである。

嵐の中、ユーステイシア、ワイルディーヴ、クリムの三人がシャドウォーター堰に飲み込まれた時、三人を引き上げたのもヴェンであった。『帰郷』の中で、ヴェンはあくまで脇役でしかないが、彼こそが、物語の枠組みを作っている人物と言っても過言ではないのである。

三

一部二章で機能として動き出したヴェンの、異様な外見とそこからくる否定的なイメージは、その後も、繰り返し強調される。少年ジョニーが抱くイメージを拾うだけでも、「ジプシーよりも会いたくない人」、「人さらい」、「赤い幽霊」などと続き、さらに語り手も、一部九章で「メフィストフェレスのような」とか、「カインの刻印」、「血の色の人物」、「犯罪者」などと、ネガティブな語句を重ねていく。

しかし、そのようなことをしておきながら、その後、語り手は、そうした否定的な見方を一気に覆す。

この午後、エグドンに入ったベンガラ売りは、異様な風貌の土台を作るために、人好きのする風貌を無駄に使った一例であった。そんな目的のためには土台は醜くても良かったのだろうが。このベンガラ売りを近寄りがたい恐ろしいものにするのは、ただ、その色であった。その色がなければ、彼はよく見かける、感じのいい田舎の若者だった。(一部九章)

そして、ここからヴェン自身の恋する男としての物語が明らかになる。彼が二年前から大切に持っていたトマシンからの手紙は、彼の外見と内面の乖離を説明し、同時に、二章で語り手によって投げかけられた疑問への解答を示してくれる。つまり、かつては酪農家であったヴェンは、トマシンに求婚をしたものの、彼女がより高い身分の結婚相手を求める伯母の意向を考慮したため、受け入れてもらえず、それ以来、ヴェンは各地を放浪するベンガラ売りになったというのである。語り手は次のように言う。

結婚を断られた男たちは、巣箱を追われた蜂のように、自然に放浪するものである。ヴェンが世をすねて専念した仕事は多くの点で彼に適していた。彼は放浪しつつ、むかしの感情に押し流されるままに、しばしばエグドンの方向に向かったが、彼を惹きつけた女性の邪魔をすることはなかった。トマシンのいるヒースにいて、彼女のそばにはいるが、彼女に見られることはないというのが、彼に唯一残された貴重な喜びであった。（一部九章）

ところが、アングルベリーで出会ったことが再び二人を接近させることとなった。ワイルディーヴと二人きりで出かけながら、結婚できずに戻ってきた女という不名誉な評判を立てられることを恐れ、トマシンのみならず、当初は彼との結婚に反対だった伯母までもが、計画の遂行を望んでいることを知ったヴェンは、トマシンのために奔走する。ユーステイシアとワイルディーヴとの仲を自らの目で確認したヴェンは、ユーステイシアを訪ね、ワイルディーヴと別れてくれるようにと言葉を尽くす。

最初は反発していたユーステイシアが別れる決意をするのは、クリムという新しい興味の対象が現れたからであって、ヴェンの手柄ではないかもしれないが、会話を交わすうちに、ユーステイシアは、ヴェンのトマシンへの想いに気づく。ヴェンがこのような行動をするのはトマシンのためなのかとユーステイシアに尋ねられて、彼は、本当は自分が結婚したいのだがと、率直に認めた上で、こう続ける。「でも彼がいないと幸せになれないのなら、彼と一緒になるように助けるのが、男としての私の義務だと思うんですよ」（二部七章）。自分が好きな女性を他の男と結婚させるために全力を尽くすような私心のない愛はユーステイシアには「ほとんど理解のできないこと」で、「敬服に値するものなのだが、敬服を超えた」、「ばかげていると思えるくらいの」愛である（二部七章）。しかし、そのばかげているような愛情、まるで、中世の宮廷風恋愛のような愛情を抱けるのがヴェンという若者なのである。

彼が最終的にトマシンと結婚できるのは、彼自身の意志とは関わりのないさまざまな要因も重なった結果ではあるが、何よりも、彼が常にトマシンを中心に考え、陰になり日向になり彼女を守り続けてきたからこそなのである。

四

ところで、トマシン本人は、そのような愛情にふさわしい女性といえるのであろうか。ヴェンの判断力の確かさを知るために、トマシンについても若干の考察をしておきたい。

ハーディの友人のプロクター夫人は、手紙の中で、トマシンを「愚かな女」と評している。「私はヴェンが幸せで嬉しく思います。男が愚かな女［トマシン］を愛したらつける薬がありません」と書いているのである (F. Hardy 124)。「愚か」という言葉が、プロクター夫人の本心をどれだけ正確に表しているのかは、ここからだけでは測りがたいが、作品中の村人たちの言葉とも関わりがあるかもしれない。

一部三章で村人たちは二人の結婚について噂話をして、「家のある若い娘があんな男のために家を出るなんてバカにちがいない」と、ずけずけと言う。[2] また、紳士階級であるヨーブライト夫人が、落ちぶれて居酒屋などをやっているワイルディーヴと姪のトマシンが結婚することを許したとして、オリーは驚きを口にする。「かわいそうに。きっと感情に負けてしまったんだねぇ」（一部四章）と、同情すら示すのは、トマシンが冷静であったならば、およそありえなかったはずの、釣り合わない結婚であるということを示している。

ワイルディーヴは、「彼に言い寄られたら百人の女が受け入れるだろうさ」と言われるようなハンサムな男であって、トマシンもワイルディーヴの容姿にまず惹きつけられたということは想像がつく。ガーソンは、ハーディの小説では「父の不在」ともいうべき状況が目立つことを指摘しているが(55)、その点では『帰郷』も例外ではない。トマシンには両親共にいず、親戚と言っても、プライドの高い伯母と、パリにいて、相談相手にもなりにくいクリムしかいない。「マドリガルの世界に属している」(一部四章)とか、「パストラルの生き残り」(Boumelha 50)と形容されるトマシンは、周囲の保守的な通念に自身を合わせることで生きている。彼女にとっては「良い生き方をすることとは、良い結婚をすること」であって、それゆえに、ワイルディーヴとの結婚の計画が失敗した後も、あくまで彼との結婚に固執することになる。

では、なぜワイルディーヴがトマシンに惹かれたかと言えば、彼女の美しさは少なからず意味を持っていたであろう。「美しさとかわいらしさの中間にある」(一部四章)とされるトマシンの容貌の魅力は、時にはユーステイシアの魅力をも凌いで見えるほどで、うわべのことに関心を持つ彼を引きつけるには十分であったはずである。だが、それだけではなく、彼女が「人好きのする、無邪気な女性」(一部六章)であるとか、「善良で」「立派」(一部九章)など、内面的な価値をも認めていることが窺える。そのためであるのか、ワイルディーヴはユーステイシアに執着しながらも、トマシンを顧みなくなることはない。

そして、トマシンの最初の選択は愚かだったかもしれないが、妻としての行動は冷静沈着とすら見える。「彼が完璧だと言い張るほど、私は見えないわけじゃない」、「自分は現実的な女」(二部八章)という言葉が示すように、彼女は、ユーステイシアへの夫の気持ちに気づいていても、「彼女を好きだったのは自分を知る前だし、しかも単なる遊び」(三部六章)と割り切っている。生まれた子どもにユーステイシアの名前をつけることからは、ユーステイシアに対して何のわだかまりも抱いていないことが窺える。とはいえ、結婚後の浮気を無視するほど冷淡なわけでもなく、夫の様子を冷静に観察し、密会をやめさせる方法についてヴェンに相談したりもする。子育てに関しては、子守女にまかせきりにしない、情愛深い母親の顔も見せる。そのような行動を通して窺える彼女の性格や考え方は、ユーステイシアの、直情的で火のように情熱的な性格とはまさに対照的である。見かけ上は穏やかではあるが、小さな隙間を見つけて流れ、いずれは巌も穿つ水のような、強ささえ感じさせるのである。

彼女の冷静で理性的な性格はヨーブライト母子との関係においても示されている。ヨーブライト夫人が、息子にないがしろにされたと嘆く時、彼女は「伯母さまは妥協しなさすぎるわ。息子が実際に犯した罪で世間に恥をさらした母親がどれほどいるかお考えになって」(三部六章)と冷静に返すが、その後しばらく毎日様子を見に来るなどの気遣いを示す。さらに、クリムが、母親の死をめぐって、ユーステイシアと別居状態になり、悶々としている時には、ユーステイシアに手紙を書いて、和解をするようにと助言する。残念なことに、いずれの場合もトマシンの助言は空しいものに終わるのではあるが。

このように見てくると、トマシンにはさまざまな美点も備わっていることが見えてくる。「物静かで堅実な［ハーディの］妹メアリのような」(Tomalin 166) トマシンには、実際に妹の姿が投影されているのかも知れず、それならば、ハーディが、前記の書簡の中で「トマシンは善良なヒロイン」と書いたことにも十分納得させられるのである。そして、そういうトマシンだからこそ、ヴェンは、一途に彼女を守っていこうとするのであろう。

五

だが、トマシンを想うあまりのヴェンの行動は、時に他の人を傷つける。もっとも顕著な例は、三部八章の荒野での賭けの結果であろう。ヨーブライト夫人から、クリムとトマシンに半分ずつ渡すように託されたギニー金貨を、クリスチャンがワイルディーヴとの賭けで巻き上げられてしまったのを目撃していたヴェンは、そのお金を取り戻すための行動に出る。蛍の光だけが頼りの真っ暗な荒野でサイコロを投げあう場面には鬼気迫るものがあり、名場面として多くの批評家たちに注目されてきた。まさに神がかったような力で、ヴェンは完璧な勝利を収めるが、この後、取り戻した金貨のすべてをトマシンに渡したことが、ユーステイシアたちの不幸に繋がっていく。

金貨をもらったはずなのにお礼がないことを不審に思って、ユーステイシアを訪ねてきたヨーブライト夫人と、夫人のもの言いに、自分が侮辱されたと思うユーステイシアの会話が激しい口論になっていく様は真に迫っていて、ハーディがエマと結婚することに反対であった母ジマイマとエマとの関係すら想起させる。その後、事情を知ったトマシンがクリムの分のお金を返しに来たことで夫人の誤解は解けるものの、一旦言いたいだけのことを口にしてしまった嫁と姑の仲が修復されることはありえない。

そして、この状況は、さらにいくつもの偶然や誤解が重なることで、息子に捨てられたと思い込んで死んでいったヨーブライト夫人の最期、ひいては、自分が母を殺したと思うクリムの絶望に繋がっていくのである。

ガーソンは、これら一連の事件に関して、さまざまな読みの可能性を呈示する。その一つは、ヴェンの行為の背後に彼の悪意を読み取るものである。彼女はまず、賭けの場面で、ヴェンは、クリスチャンとワイルディーヴの話を立ち聞きして、金貨が多分トマシンのものであると知っていたのだから、賭けを始める前にやめさせるべきだったと主張する。そして、ヨーブライト夫人に、猛暑の中、クリムを訪ねるようにと熱心に勧めたこと、それに先立って、密会に来たワイルディーヴに発砲していることは、夫人に密会の現場を押さえさせるための策略の一環であり、こうした行動が夫人を死に追いやる一因となっている (59) というのである。

ガーソンは、「ヴェンの努力はテキストの承認を得ている」とか、「語り手に擁護」(58) されていると認めながらも、彼に対する批判的な読み方の可能性を連ねるのであるが、ローズマリー・モーガンの見解はさらに手厳しい。ヴェンのことを、「異世界から来た侵入者」、「道徳面を見張る番犬」(66)、「尊大な介入者」、「トラブルメーカー」、「こそこそとしたストーカー」などと罵倒の限りを尽くす。そして、彼の行為は、すべては自分のためなのだと断罪する (67)。

現代の読者から見れば、ヴェンの行為にはやり過ぎと映るところはある。泥炭で身体を隠して、恋人たちの会話を盗み聞きすることとか、たとえ警告だけのつもりでも、発砲まですることは、明らかな違法行為であろう。

賭けの場面での行動にしても、リアリズムの観点からみれば、ガーソンの指摘はもっともであると思われる。ただ、敢えてヴェンの気持ちを想像してみれば、一旦、ワイルディーヴを好きなようにさせて、有頂天にさせておいてから、完膚なきまでに打ちのめしたいとの意地悪な願いがあったのかもしれないとも想像される。[3]

クリムの分の金貨までトマシンに渡したのは、立ち聞きで得た、恐らくは断片的な情報と、勝手な思い込みを基に行動したヴェンの失敗には違いない。とはいえ、それを悪意と見るのは酷であろう。ましてや、ヨーブライト夫人にクリムを訪ねるように勧めたのが、悪意ある計画の一部とするのは、それこそ、悪意ある解釈であると考えざるをえない。二人の会話から読み取れるのは、息子との不和を嘆く夫人を心から心配するヴェンの気持ちである。また、ヨーブライト夫人が、息子の家に入ることすらできず、そこで水一杯も飲めないままで帰路に就くということがヴェンに想像できたはずがないのである。

ましてや、彼の一連の行為が、トマシンを得るための計画的な行為であったとするのは大きく的をはずれている。そもそも、ヴェンは、もともと異世界から来た侵入者などではない。かつては自身もこの土地の酪農家だったのであり、最後に、ベンガラ売りの衣装を脱ぎ捨てたことで、トマシンの愛を得たとしても、スコットランドからやってきたよそ者で、カスターブリッジで社会的な上昇を果たすファーフレーなどとは、そもそも立場が異なるのである。[4]

ヴェンは、トマシンのことを想うあまりに、周囲のことが見えず、意図せずに、他の人を苦しめる結果になったことは否定できない。しかしながら、トマシンのために、自分自身の幸福までをも犠牲にすることができるヴェンが、親しくなっていたヨーブライト夫人を死に至らせるような悪辣な計画を立てるとは考えられない。彼は、あくまでも善意なのである。ただ、善意の人が、思わぬ形でこれまた善意の他者をも追い込んで行く、それこそが、ハーディが考える人生の皮肉というものではないのだろうか。

六

ヴェンとトマシンが結婚することは、六部一章の章題「必然的な進展」が示すように、物語としては自然な流れであろう。

しかしながら、ユーステイシアたちの死から、ヴェンたちの結婚に至るまでに一年半の歳月が流れている。この間、ヴェンが策を講じるどころか、二人が接触する機会すらあった形跡はない。ユーステイシアたちの死の翌年のクリスマスにヴェンはベンガラ売りをやめ、父親の酪農場を買い戻したと、トマシンが知ったのは、その後半年ほどたったメイポールのお祭りの前日なのである。彼は、ヨーブライト家の敷地のすぐ外にメイポールの柱を立ててもいいか尋ねるために、ヨーブライト家に顔を出し、実家に戻って暮らしていたトマシンと会う。すっかり赤さの抜けたヴェンの顔を見て驚いたトマシンに、「前よりすてき」と言われて、ちょっと困った顔をするヴェンは、お茶に誘われても辞退して帰ってしまう。

二人の接近に一押しを加えるのは、トマシンの側の、嫉妬も少々混ざった誤解と、その誤解が氷解することであろう。メイポールの踊りの後、ヴェンが月の光の中で懸命に探し出し、そっと唇に当て、大切に胸ポケットにしまった手袋は、子守りの娘が無断で持ち出した自分自身の手袋だったと知った時、トマシンは今も変わらぬヴェンの想いを知るのである。

そして、彼女は、かつての母の願いを汲んで、トマシンと再婚しようと考えていたクリムを説得する。ここには、トマシンの強い意志が感じられる。クリムは、驚きを隠して、町にいるもう少し身分が釣り合う人間と結婚することを提案するが、トマシンは、自分は町に住んでも少しも幸せにはなれないと即答する。次には、クリムは、母がヴェンとの結婚に反対だったことに触れ、その遺志を尊重したいと訴える。いったんは涙を隠して引き下がったトマシンではあるが、結局、「伯母さまは彼がベンガラ売りだから反対しただけよ」と、反論する。実際は、夫人が反対した時、ヴェンはまだ酪農家であり、そのことをトマシンが忘れるはずもないので、この発言は、クリムに反論するためのトマシンの策略ではないかと疑いたくもなる。いずれにしても、今の彼女には、身分の違いなど些細なことで、「[ヴェンが]他の誰よりも親切で、自分にはわからないようなやり方でいろいろ助けてくれた」（六部三章）ことの方が重要なのである。クリムも結局、ヴェンが「だれよりも正直で、我慢強い人間」だと認めざるをえない。つまり、再会から結婚までの流れに不自然さは感じられない。結婚式の日の様子を描く最終章は、主人公たちの結婚後の祝宴を描く『緑樹の陰で』の最後の章を連想させる。

したがって、一九一二年にウェセックス版が出版された際に、ハーディが、六部三章の最後に二人の結婚について注を付けたことは、議論を呼んで来た。注の概要は、「作者は最初から二人の結婚を考えていたわけではなく、ヴェンは最後にはどこかへ姿を消し、トマシンは未亡人のままで終わるはずだった、しかし、雑誌連載のある事情から、意図を変更することになった、したがって、読者はこの二つの結末のいずれを選んでくれてもいい」というものである。

ハーディは、作品が一旦単行本として出版された小説でも繰り返し修正を加えることを好む作家であり、この注もそうした修正の一つではあるが、それにしても、小説にこのような注が付くことは珍しい。「雑誌連載のある事情から」というのは、何を意味するのか。実際、『ベルグレイヴィア』に掲載前の段階では、登場人物たちの出自や職業など、書き直された部分が多々あるというが (Page 366; Seymour-Smith 226–27)[5]、前記のホプキンズへの手紙には、二人が結婚することはすでに記されていた。

それなのに、今更ながら、そうした結末は自分の意図に反するものであったかのように書くことは、発表されてから三〇年以上経ても、悲劇としての結末とハッピー・エンディングのいずれも捨てきれないでいることへの弁明ではないかとも考えられるのである。

『帰郷』は、三一致の法則や五幕構成など、ギリシア悲劇の伝統的な様式に則って構想された野心作であった。丸一年という時間の中で、エグドン・ヒースとその周縁を舞台に、登場人物たちのさまざまな感情を描く物語においては、五部の最後で、ユーステイシアは充たされぬ心を抱いたまま命を落とし、クリムも絶望の中に残されねばならない運命であった。クリムとユーステイシアに関しては、ハーディの計画は達成されたと言えるだろう。巡回説教師となったクリムが、彼なりの満足を得ていたとしても、帰郷して、人々を啓蒙するという当初の理想が実現することは結局なかったのだから。

ヴェンの結婚は、せっかく緻密に計算された悲劇の様式を台無しにするものであったといえよう。どうしてこのような結果になったのか。もしハーディに誤算があったとすれば、二番手のヴェンという若者を、誠実で忍耐強い人間像に育ててしまったことであろう。度々指摘されることであるが、ヴェンは、『はるか群衆を離れて』のオウクに連なる人物である。[6] オウクが農場経営者として高い見識や技能を持ち、バスシバに対しても、時に苦言を呈する強さを持っていることはヴェンとは相当異なる点だとしても、物語の最初から、愛する女性、もしくは愛するようになる女性と共に登場し、最後までその愛を貫くことは共通している。オウクは、バスシバがトロイと結婚し、彼の失踪後はボールドウッドと再婚しようとするのを傍らで眺め、ヴェンも自らが手を貸してトマシンを結婚させる。根底にあるのは相手の女性に対する敬意や誠実さ、そして忍耐強さである。

誠実さや忍耐強さという徳は、ハーディ自身が評価したものであろう。ハーディは、『はるか群衆を離れて』で幸せな結末を描き、[7]その後『帰郷』の中で過酷な運命に翻弄される人々を中心に据えた。しかし、その一方で、自分が評価する徳を持つ人物を幸せにしたいと思ったとしても不思議ではないだろう。『帰郷』の発表の約一〇年後、ハーディは『森林地の人々』に、同じようなタイプであるジャイルズを登場させた。オウクやヴェンと同じように、彼もまた、ヒロインのグレイスに力を貸そうとするが、そうすることで、自身の命を落とさざるをえない。ハーディのペシミズムは、それほどまでに深刻化していたということであろう。しかし、『帰郷』では、まだ、人生の希望が、ヴェンを通して示されているように思われる。

エグドン・ヒースは、いくつかの現実のヒースがまとめられたものだというが（一八九五年版『帰郷』の序）、ハーディがその中で育ち、愛した土地の思い出に触発された想像から生まれている(Tomalin 166)という。ベンガラ売りとしてのヴェンはヒースを住処とし、まさにヒースと一体化していたし、トマシンも、「ヒースが好き」と断言し（五部六章）、嵐のヒースを恐れることもない。ヒースは、小さなユースティシアに歩行の練習をさせるような、日常的な生活の場なのである。父の酪農場を買い戻したヴェンとトマシンは、相続で手にしたお金を浪費することもなく、地味でも堅実な生活を営んで行くのであろう。ヒースの地とその伝統を継承し、未来へと繋いでいくのは、彼らのような人間なのである。

ヴェンが幸せになることを歓迎するのは、プロクター夫人だけではない。F・B・ピニオンもまた、「六部の後日譚は、ハーディのもともとの『芸術の規範』に当てはまらないかもしれないし、どちらかというと引き延ばされすぎている」としながらも、「ディゴリー・ヴェンとトマシンという二人の魅力的な登場人物は、疑いもなく読者の期待を満足させる」と述べている (222–23)。ヒレル・マシュー・ダレスキもまた、二人が結婚で一緒になることには十分説得力があるし、二人で始めた物語が二人で終わるわけで、構成的にも優れていると評価している (103)。

ヴェンの存在は悲劇の形式を損なうものであったとはいえ、クリムたちの悲劇的な物語と十分に共存している。彼は、決してトマシンの添え物などではないし、物語の枠を作るだけの働きしかしないわけでもない。ヒースを自由に動き回れる彼だからこそできた役割を果たしつつ、彼は彼で、自分が主役となる物語を見せてくれているのである。

注

1　ベンガラの用途として、「羊の胸に印をつけるため」とだけ記した注や評論が多いが、『帰郷』のオックスフォード版の注釈には「その顔料の広がり具合から、どの羊が仔を産みそうかわかるようにする」との説明がある。

2　「愚か」や「バカ」を表す原語は、それぞれ “stupid” と “fool” であり、同じではない。

3　賭けの場面を描いた三部八章は、七月に掲載された全四章のうちの最後の章であり (Page 366)、ハーディは、リアリズムの観点から見ると多少不自然でも、この時の掲載分での最大の見せ場としてこの場面を描いたのではないかとも推測される。

4　ガーソンは、ベンガラ売りの衣装や肌の色を脱ぎ捨てたヴェンを、「格好良くてこざっぱりしたファーフレー」に重ねている (60)。

5　オックスフォード版に付された、ガトレルによる "Significant Revisions to the Text" ではさらに徹底的な比較がなされている。

6　オウクとヴェンが類似していることを指摘している、最も早い時期の批評として、一八七九年に *New Quarterly Magazine* に掲載された記事がある (Cox 66)。一方、ステイヴのように、むしろ、オウクとヴェンが似ているようで異なることに着目している批評家もいる (64–65)。

7　オウクとバスシバの愛は、通常の恋愛小説に見る男女の愛というよりも、同士としての愛の側面を持つし、筆者も結婚＝幸福と単純に図式化して考えているわけではない。ただ、ヴェンについては、結婚することがそのまま幸福に繋がると考えてよいだろう。

引用文献

Boumelha, Penny. *Thomas Hardy and Women: Sexual Ideology and Narrative Form*. Madison: U of Wisconsin P, 1985.

Cox, R. G. ed. *Thomas Hardy: The Critical Heritage*. London: Routledge, 1979.

Daleski, Hillel Mathew. *Thomas Hardy and Paradoxes of Love*. Columbia: U of Missouri P, 1997.

Garson, Marjorie. *Hardy's Fables of Integrity: Woman, Body, Text*. Oxford: Clarendon, 1991.

Gatrell, Simon. *Thomas Hardy and the Proper Study of Mankind*. London: Macmillan, 1993.

Hardy, Florence Emily. *The Life of Thomas Hardy 1840–1928*. London: Macmillan, 1962.

Hardy, Thomas. *The Collected Letters of Thomas Hardy*. Ed. Richard Little Purdy and Michael Millgate. Vol. 1. Oxford: Clarendon, 1978.

——. *The Return of the Native*. 1878. London: Macmillan, 1974.

——. *The Return of the Native*. 1878. Ed. Simon Gatrell. Oxford: Oxford UP, 2008.

Morgan, Rosemarie. *Women and Sexuality in the Novels of Thomas Hardy*. London: Routledge, 1988.

Page, Norman, ed. *Oxford Reader's Companion to Hardy*. Oxford: Oxford UP, 2000.

Pinion, F. B. *Hardy the Writer: Surveys and Assessments*. London: Macmillan, 1990.

Seymour-Smith, Martin. *Hardy*. New York: St. Martin's, 1994.

Stave, Shirley A. *The Decline of the Goddess: Nature, Culture, and Women in Thomas Hardy's Fiction*. Westport: Greenwood, 1995.

Tomallin, Claire. *Thomas Hardy: The Time-Torn Man*. London: Viking, 2006.

第三章　エグドン・ヒースはわたしの王国

――クリムが示す悲劇性――

筒井　香代子

一

トマス・ハーディの『帰郷』では、物語の中心人物であるクリム・ヨーブライトとユーステイシア・ヴァイのみならず、クリムの母親であるヨーブライト夫人、さらには結婚前にユーステイシアの恋人であったデイモン・ワイルディーヴが悲劇的結末を迎えることとなる。

クリムとの結婚生活に失望したユーステイシアは、彼に向かって「あなたが故郷に戻ってこなかったならば、あなたにとってどれだけ幸せだったでしょう。そのために運命も変わってしまったわ」（五部四章）と言う。確かにクリムが故郷であるエグドン・ヒースに帰ってこなければ、ユーステイシアと出会うこともなく、母親との不和を引き起こすこともなく、彼女たちを悲惨な形で失うこともなかったであろう。

エグドン・ヒースの住民を啓蒙したいというクリムの帰郷の理由についてデイヴィッド・ハーバート・ロレンスは、「万物の土に根差していて、根を張って生活しており」クリムよりもはるかに

「静かな悟りを開いている」住民こそが、「彼に教えるべきだったのだ」(11)と峻烈な非難を展開している。またロレンスは、ユーステイシアの夢見るパリでの華やかな生活と同様、クリムの計画にも「虚栄」があると述べ、彼の「利他主義」は「臆病さにすぎない」(7)と断じている。この物語で主人公たちにふりかかる災難は、クリムがエグドン・ヒースに戻り、独自の教育計画を実現しようとしたことがきっかけであるのは疑いようがない。

さらに、クリムとユーステイシアの悲劇性についても一見問題があるように思われる。と言うのも、作品の中で彼らについて語られる際には、ギリシア神話の神々や英雄、さらには聖書の重要人物との類似性が幾度となく強調されているが、実はその多くが類似性よりもむしろ落差を示すものであるからだ。J・I・M・スチュアートが述べるように、古典への過度な言及は、ハーディが「ペリクレスの時代のアテネで達成された悲劇的表現の極致と規定されているものとの比較に挑戦したかった」(98)からであるとしても、ジョン・パターソンによる以下の指摘に注目したい。

さらに重要なのは、登場人物や事件や場面が、必ずしも英雄的な類型に匹敵するとは限らないと言うことだ。このような場合、古典的な枠組みは、その不十分さを露呈するのに役立つだけだ。例えば、オイディプスとの類推は、クリム・ヨーブライトのイメージを称賛するどころか、彼が実際には悲劇の王にあきれるほど程遠いことを示すだけである。(139)

このように主要人物の悲劇性に矮小化の恐れがある一方、アヴロム・フライシュマンは人物よりも土地そのものの重要性に着眼しており、彼らの住むエグドン・ヒースが「物語の展開における主な要因であり、古典的な意味での劇の主役であり、おそらくこの出来事から生まれた最も印象的なものである」ため、この作品のタイトルも、主人公クリムの帰郷というテーマの枠を広げれば「エグドン・ヒースについての物語」(145)であると述べている。

一方リチャード・リトル・パーディによれば、ハーディは作品において重要な順に番号をつけた場合「一位　ヨーブライト」(26)になると言う。したがって本稿では、ハーディが作品中最重要人物と位置づけたクリムを、古典および聖書の中の人物やエグドン・ヒースと関連づけて考察すると同時に、母親や妻となるユーステイシアとの関係についても論考することにより、クリムの人物像と彼が示すその悲劇性を浮かび上がらせたい。

二

初めにクリムと聖書との関わりを中心に見ていくことにする。シュウジ・アワノは、主にクリムがイエスを始めとしてパウロやヨハネといった聖書に登場する重要人物に重ねられていることに綿密に触れ、「ポスト・キリスト教における悲劇の主人公であるクリムは、キリスト教式の〈幸いな過ち〉によって救われることがない」(74)とし、作品においても聖書への豊富な言及には「微妙な皮肉が込められていることが多い」(59)と指摘する。そしてこのように数々の聖書中の人物との関連が示される中、ハーディが提示した結論は「堕落から贖罪を経て天国に至る人間の進歩という聖書のビジョンと著しく異なる」(63)と述べる。

聖書そのもののビジョンからの逸脱に加えて、具体的な聖書中の人物についてはどうであろうか。ここであらためて、クリムがパリからの帰郷に伴い、どのような思いを抱いていたのかに注目する。

ヨーブライトは、彼の同胞を愛していた。ほとんどの人には富よりも知恵をもたらすような知識が欠けているという確信が彼にはあった。彼は階級を犠牲にして個人を高めるよりも、個人を犠牲にして階級を高めたいと考えていた。(中略)彼は題目として悔い改めることよりも品位を高めることを選ぶ洗礼者ヨハネであった。(三部二章)

マタイによる福音書三章一節から二節において「ユダヤの荒野」で「悔い改めよ、天国は近づいた」と説くヨハネと異なり、知識を獲得し品性を高めよと説くことを自身の使命だと考えるクリムは、まさに故郷エグドン・ヒースでそれを実践しようと戻ってきたわけである。彼は母親に「死ぬ前に何か値打ちのあることをしたい。教師になってそうしたい――貧しく無学な人たちの教師になって、他の人が教えないようなことを教えたいんです」(三部二章)と訴える。驚く母親に対する

「成功とは何か?」というクリムの問いかけを、語りは「火急の」ものとし、ソクラテスによる「知とは何か?」や、ヨハネによる福音書一八章三八節にあるピラトによる「真理とは何か?」といったギリシア哲学や聖書における重要な問いと並列する。クリムの告白直後は、息子の帰郷の理由に驚き猛反対したヨーブライト夫人だが、「彼女自身の一部」である息子の、残りの人生を教育に捧げたいとする熱意に「感銘」(三部三章)を受けており、息子と自身の価値観が本質的に同一であることを認識する。

注目すべきは、母親への影響を理解したクリムの心境だ。彼は、清貧こそ自身が進むべき崇高な道であると母親を説得することそのものが、はたして正しい行為なのか疑問を抱く。これは、クリムが母親に語った計画の中に、本心ではないことが含まれており、さらには、ユーステイシアの存在が彼の念頭にあることを示唆する。実際ヨーブライト夫人が息子との決裂に至った直接の原因は、彼の計画や熱意そのものにあるのではなく、ユーステイシアとの交際および結婚にある。

このことに関連して、さらにパウロとクリムとの比較に移り、彼らの類似点に言及したうえで、重大な相違点に留意したい。クリムが宝石商という職を辞した理由を母親に打ち明ける際、「毎朝起きるたびに僕の目に入るものは、使徒パウロが言うように、被造物全体が、うめき、生みの苦しみを続けている姿なのです」(三部二章)とローマ人への手紙八章二二節にあるパウロの言葉を用いて説得しようとする。

さらにユーステイシアとの結婚後、クリムは目を酷使したことで眼病を患い、そのため勉強を中断し、妻が嫌がるエニシダ刈りの労働に勤しむ。帰宅後、熟睡するクリムを見ながらユーステイシアは、「熱心な思想家で見た目に無頓着」(四部六章)なクリムからパウロを想起することがあるのだとワイルディーヴに伝える。

しかし利他主義者であり、熱心な思想家でもあるクリムが、決定的にパウロと異なる点がある。それはクリムが妻帯者であることだ。さらにコリント人への第一の手紙七章八節にある、キリスト教の迫害者から一転熱烈な伝道者となったパウロによる「わたしのように、ひとりでおれば、それがいちばんよい」との忠告をまさに想起させるのは、ユーステイシアをなおざりにして母の死を嘆きわが身を呪うクリムの行為である。そのような夫に対してユーステイシアは「独身者であれば好きなようにわが身を呪う権利があるでしょうけど、妻がいるなら自身が望む運命に二人を巻き込むことになりますわ」(五部一章)と言い放つ。

「並外れた洞察力を持つ」(三部三章)ヨーブライト夫人の反対、そして結婚後に生じた諸々の不運な出来事が示すように、クリムたちの結婚は、夫婦それぞれの本来の希望に沿った生き方を実現不可能にしたと言える。ただし結婚の不和を改めて現実問題として捉えた際、アン・ハイルマンが指摘するように、ハーディの作品には「ヴィクトリア朝の結婚に対する辛辣な批判」(351)が見られ、当事者たちによる思慮の欠如に負うところもあることに注目したい。なぜなら、ユーステイシアの美しさと彼女への愛により、当初は「彼を包んでいた目もくらむような光輝に目が慣れてしまい」(三部四章)、彼女と出会ったことを後悔していることからも、クリム自身、結婚前からすでに二人の関係に不安を抱いていることが明白だからである。一致点の少ない彼らが結婚を二週間後に控えた時点で、ユーステイシアはクリムにとって「もはや女神ではなくなっていた」(三部五章)。ハイルマンは続けてハーディが「結婚により男女とも困難に陥るということに注目し、女性を抑圧する主体として男性を描いた」(351)ことに言及している。このことが最も当てはまると思われるのは、結婚後クリムに対し、一緒にエグドン・ヒースを去ってパリに行くようユーステイシアが懇願する場面である。不幸な誤解が生じたことでヨーブライト夫人と激しく言い争ったユーステイシアが、パリでの生活への切望を初めて単刀直入に述べるが、クリムはその訴えを無下にする。


「だって、僕はそんな考えをすっかり捨ててしまったんだ」とヨーブライトは驚いて言った。

「君にそんな期待を持たせるようには仕向けなかったと思うけど?」

「分かっています。でも諦められない想いがあって、それが、私にとってそういうものなんです。私はもうあなたの妻で、運命を共有しているというのに、このことについて発言権を持つことは許されないのですか?」

「まあ、議論するまでもないこともあるよ。このことなんか特にそうだと思っていたし、双方合意の上だと思っていたんだけど」(四部二章)

ヴァージニア・R・ハイマンは、彼らの最も重要な違いを「社会的な考え方や価値観」にあると述べ、クリムの個人を犠牲にして階級を高めたいという望みを「現代的で利他的な価値観」(66) であると評する一方、妻や母親との関係においてクリムは「知的に高度な反面、感情においては自己本位な人物だ」(69) と述べている。事実妻の都会生活への渇望も、気晴らしに踊りに行きたいという訴えも、一括りに「気紛れ」(四部二章と三章) であるとするクリムは、「階級を高めるために」彼女を犠牲にすることに何ら疑問を感じていない。このような結婚後のユーステイシアへの対応により、クリムは利他的であるというよりも、むしろ、夫として妻を思いやることのできない利己的な人間であることを露わにしていると言えるだろう。

三

先ほど挙げた主にパウロとの比較に加えて、ここで注目したい聖書中の人物がイエスとソロモンである。クリムによる説教は、マタイによる福音書五章から七章にしるされたイエスのそれと同じく、「山上の垂訓」と称される。またルカによる福音書三章二三節にあるように、年齢においても三三歳未満と、約三〇歳で宣教を始めたイエスと重なる。

ソロモンに関する直接的な言及は、母親と妻を失い巡回説教師となったクリムが題目として挙げた列王記上、第二章一九節から二〇節にあるソロモンとその母バスシバのやりとりである。

マーリーン・スプリンガーは、前述の説教の題目について「文脈で捉えると、クリム同様、王も母親の要求を拒んではいる。だが王はあの賢人ソロモンであり、クリムによる自己拡大は明白である」(119)とし、クリムに対し否定的な評価を下している。

ならばクリムは、やはり過度に自己評価の高い人物であり、それを示すために、ハーディはあえて偉大な人物と重ね逸脱させたのであろうか。母親のヨーブライト夫人が、息子の想いを聞いて感銘をうけたことは二節で述べたとおりである。ここで本作品の三部一章の表題に注意を向けたい。これはエドワード・ダイアーの詩「わたしの心は、わたしにとって王国である」[1]の題名である。この詩で歌われるものがクリムの心情を表しており、理想的な生き方であるとクリムは確信している。「王侯にふさわしい華やかさ」や「富の蓄え」がなくとも、「健康と完全な安らぎ」に恵まれ、「心」が全てを補い、満足を与えてくれる「わたし」は「王」に匹敵する勝者である。

「すべての人が自身と同じようであってくれたら」と望むクリムは、パリでの職を辞したことについて詰問する母親に次のように訴える。


「お母さん、あのけばけばしい商売が嫌なんです。（中略）あそこで金持ちの女性や爵位のある道楽者相手にきらきらぴかぴかしたものを売って、彼らの最も卑しい虚栄心に迎合しているなんて――何でもできるほど健康も体力もあるこの僕がですよ」（三部二章）

このような考えは、「虚飾と虚栄に満ちた場所」（一部一一章）であると、『祈祷書』[2]の言葉を用いてパリを表現するヴァイ大佐の見方とも一致する。クリムの展望にいくつかの曖昧性が見られることは確かではある。一方で彼が富と名声、またその象徴である大都市を否定していることは間違いない。眼病を患い、目が以前より不自由になりはしても「田舎家で夜間学校を開く」といった自身の教育計画に支障をきたすことがないかぎり、「社会的な地位が最も低い職業」（四部二章）であってもクリムは満足なのだ。

それゆえ一見曖昧なクリムの主張において一貫しているのは、物質的豊かさと世俗的成功の否定である。すなわち彼の抱く構想とは、突き詰めれば彼自身の心の王国の実現であり、エグドン・ヒースでなければ、宝石商以外の職に就こうとも、「構想の妨げになる」（三部四章）ということなのだ。このことに関連して、クリムが眼病のため資格取得の準備を中断せざるをえなくなり、妻の反対を押し切ってエニシダ刈りをする場面に目を向けたい。

> 彼の全世界が、彼の周り数フィートの円に限られていた。彼の身近なものは、這うものや羽のあるもので、彼らは彼を自分たちの仲間に入れているらしかった。（中略）食料貯蔵室や金網を知らない完全に未開の状態の巨大なハエは、クリムが人間であることも分からずに、彼の周りをぶんぶん飛んだ。（中略）彼らのうち一匹も彼を恐れはしなかった。（四部二章）

留意すべきは、虚飾や虚栄とは無縁のこのエグドンで、クリムの仲間とされるのは人ではないということだ。エニシダ刈りに勤しむクリム自身は、「単調な労働」に慰めと喜びを見いだすものの、このことから得られる満足は常にクリム本人に限ったものであって「ユーステイシアを切り離して」（四部二章）いることが前提であり、彼の王国とは妻も母さえも入れないものとなってしまうのである。

四

それではクリムに故郷で計画を実現させたいと思わせたものは何か。ここでは知識に焦点を当てて見ていきたい。帰郷したクリムを見たエグドン住民のティモシー・フェアウェイは彼の風貌が「すごく変わった」ことに驚く。

その顔は見事なほど整っていた。だが内なる心は、その特異性が発達するにつれて、それを刻みつけるまったくの無益な平板として、その顔を使い始めていた。ここに見られる美しさにまもなく思想という寄生虫が情け容赦なくはびこることになるだろう。（中略）思想にすり減らされたというほどでなくとも、平穏な学校生活後に四、五年奮闘してきた男によく見られる、環境というものの認識から生ずる、特殊なしるしが彼にはついていた。彼はすでに、思想が肉

体の病であることを示していた。（二部六章）

これは学識によってクリムが変わってしまったことを顕著に示している。このような外見に変化が現れるほど、クリムの内面は特異なのである。彼の内面の特異性と関連して、クリムの精神は均整がとれていないことが強調される。一方で、均整のとれた心の持ち主は、幸せにはなれても、「王として崇め奉られることはない」（三部二章）としていることは注目に値する。換言すれば、均整のとれていないクリムは、王の資質を備えた悲劇的な人物ということであり、ここでも王国のモチーフが用いられていることになる。

ところでクリムが母親に打ち明けた「他の人が教えないようなことを教えたい」（三部二章）とは具体的にどのようなものであるのだろうか。ユーステイシアが、彼女を魔女だと信じている迷信深いスーザン・ナンサッチに針で刺された時、「そのような理性を曇らせるものを取り払うために帰郷したのだ」（三部三章）と言ってはいる。一方ヨーブライト夫人からユーステイシアとの交際をとがめられたクリムは、「母親を尊重して」当初の計画に少し修正を加えたと説明する。「最下層」に向けた「初等教育」に固執せず、「農民の子息向けの立派な私立学校を設けて」「試験に合格し」、「州でも最も優れた学校の校長になりたい」（三部三章）と伝える。要するにクリム自身、学識を活かす将来の展望について確信が持てないのだということが分かる。

さらに注意すべき点は、帰郷後のクリムが、パリ在住中の勤勉な生活のおかげで、当時人気のいくつかの倫理学体系に精通し、田舎の将来に注目している点で当時大都市の思想家などに決して引けをとらない立場にあったと語られるものの、それらはデール・クレイマーが指摘するように「特定されていない」。クレイマーは「おそらくフーリエ主義の社会主義計画、サン＝シモン主義、コントの実証主義」のような「自らの社会的役割を自覚させるような」(52)ものであるとしている。クリムと彼らとの最大の共通点はキリスト教に代わる絶対的な真理の模索であろう。であるからこそ、「一度習ったことをもう一度捨てるなどということはせず、まっさらな心に高度な知識を植えつけたい」(三部五章)とクリムは考えているのである。ただフーリエやサン＝シモンは、空想社会主義者と呼ばれ、自らの思想の実現が叶わなかった人々であり、そうであるならば、すでにクリムの抱く計画が実現不可能であることが示唆されている。

クリムのヴィジョンにおいて明白なことは、「金持ちになる」方法などではなく、「「下層」階級と関わることのない」大学の教員が教えることのできないようなことを教えたいということだ。日夜研鑽を積み、都会も厳しい自然も熟知している彼こそがこれを実行できるとの自負があってのことであろう。

このことに関連してローズマリー・サムナーは、クリムが「バランスの取れていない」人物であると同時に、「殊に信仰の喪失により生じた新しい考え方や感じ方に適応する」(107)ことが困難であるという問題を抱える近代人の典型として、描かれていると述べている。またクリム、エンジェル、スーを実証主義者として重要であるとみなすT・R・ライトは、『帰郷』を含めハーディの作品には「超自然的なものに頼らずに、利他主義を発展させることができるという中心的な信念への一般的な共感」(302)があることが分かるとしている。いずれにせよ、彼の学識や経験の豊かさを示す表現の多さは注目に値する。ペリー・マイゼルは、「芸術家としてハーディはユーステイシアに共感しつつも」、「概念論者、また合理主義思想家」としてはクリムと彼の「知的側面」(61)に共感しているとしている。

しかし、ジェイン・マティソンも言及しているように、『帰郷』を含む「ハーディの小説で提示される教育観は、一貫して暗いもの」(188)である。ユーステイシアの祖父であるヴァイ大佐は、ヒースの住民たちとの会話の中で、「おそらくユーステイシアもあの頭の中に、あれほど現実離れしたばかげたことがつまってなければ、彼女にとってその方が良かったんだが」(二部一章)と教育を通して得た知識に対する批判を口にする。彼の言葉の中には、「虚飾と虚栄に満ちた場所」(一部一一章)とパリを表現したことも含めて物語の展開において重要な意味を持つものがあり、このやりとりについてもそうである。さらに留意すべき点として、ヒースの住民が、ワイルディーヴをクリムと同程度に「頭が良く、教養がある」のに、教育によって得た「学問が、彼には無益だった」(二部三章)と話していることが挙げられる。つまりクリムだけでなく、ユーステイシア、さらにはワイルディーヴでさえ教育を十二分に受けた知識人だということになるが、その学識が彼らを直接利することはないのである。

クリムに話を戻すと、彼には寄生虫という言葉が二回使用されている。クリムの本来美しい顔が、将来、思想という「寄生虫」(二部六章)によってむしばまれてしまう可能性が示されていることに加え、エニシダ刈りをする彼の姿が、母親にとって、「ヒースにいるただの寄生虫」(四部五章)のように見えてしまうのは、クリムが自身の学識を活かせていないことを象徴している。その寄生虫のような男が息子のクリムだと知って何とかこのような状況から救わなければと思い、ヨーブライト夫人は、仲たがいしていたクリムの家を訪ね、不幸な行き違いから命を落とすことになる。エグドンの「景色、実体、香気」がしみ込んだ、ヒースの「産物」(三部二章)であるクリムは、他人を益さず、害にさえなりうるということなのである。ヨーブライト夫人の死は、クリムが自身の限界に気づくきっかけとなり、彼は「人に高遠な幸福の秘訣を説こうとしている僕が、字も読めないものでも避けられる悲惨なできごとを防げなかった」(五部一章)と嘆くことになるのである。

五

次にクリムとユーステイシアの関係を共通性の観点から考察したい。クリムはユーステイシアの何に惹かれたのだろうか。あるいはユーステイシアと共有できるものがあるとクリムは考えていたのであろうか。

ユーステイシアの魅力は無論彼女の美しさである。容姿端麗であると同時に、彼女の持つ風格をアルテミス、アテナ、ヘラといった女神たちのそれと同等とみなす語りは、彼女が、クリムでなくとも世の男性を虜にするのに十分な資質を備えていることを示している。しかしそれだけでは、クリムが母親との関係を断ち切ってまでもユースティシアを妻にする理由として不十分である。美しいだけならば、ヨーブライト夫人が嘆くように、パリを始め各都市で数多くの女性を見てきた男が、ヒースの女に夢中になるとは到底考えられないからである。したがってほぼ共通するものがないユースティシアを自身の生涯計画に組み込もうとした理由は、彼女の美しさ以外にもあると考えるのが妥当である。ならばそれ以外の理由とは何か。仮面劇でトルコの騎士を演じ正体を隠したユースティシアに、まだ彼女の実際の姿を見ていないクリムが、仮面劇に参加した理由を尋ねる場面に注目したい。その時のやりとりは以下のようなものである。


「わくわくして憂鬱な気分を振り払うためですわ」彼女は低い声で答えた。

「何が憂鬱な気分にさせるんでしょうか?」

「人生です」

「多くの人たちが耐えていかなければならない憂鬱の原因ですね」

「ええ」(二部六章)

同じく人生を「耐えるべきもの」(三部一章)と考えているクリムが、故郷で出会ったユースティシアの人生観に共通点と希望を見出したことは想像に難くない。なぜなら宝石商をしていた彼が見てきたのは、彼の言う「最も卑しい虚栄心」にかられた「金持ちの女性」（三部二章）だったからだ。ハーディの小説の中で、クリムとユーステイシアほど「常に憂鬱におちいる主要な登場人物はおらず」、外界に対するクリムの見方が、「あまりにも暗い」という点では、彼は「ユーステイシアと釣り合う」(84) とヒレル・マシュー・ダレスキが指摘するとおり、悲観的な人生観こそ、彼らが共有できるものであろう。さらにはスチュアアートも「彼女は無知で、わがままな女に過ぎず、熱情を弄び、エグドンの荒涼とした空気の中で自身のもろもろの空想が消えていくのを目の当たりにするが、苦悩する能力により、取るに足りない存在ではなくなるのである」(103) と述べている。

加えてユーステイシアが憂鬱な気分になってしまうのは自身の「性分」（一部六章）のせいもあると認めてもいる。つまり「一日中勉強していた」（三部三章）クリムが、ヒースで暮らす彼女との未来を描いた理由は、ユーステイシアが見せるエグドンの「暗い色調」を吸収した「陰のある美しさ」（一部七章）に、ヒースと同じ「色合いの人生観」（三部二章）を持つ彼自身と通じ合えるものを見出したからにほかならない。

さらにもう一つ、彼らに共通するのはプロメテウス的抵抗であろう。クリムの顔については、ユーステイシアの目を通して「はかない肉体のうちに不名誉にも鎖で縛られている神性が、ひとすじの光のように、そこから輝き出ていた」（二部六章）と語られる。また歌を口ずさみ楽しげな様子でエニシダ刈りをしていることをユーステイシアから責められたクリムは「僕の世間知らずの君、僕がプロメテウスのような高尚な方法で、君と同じく、神々や運命に反抗できないなんて考えちゃいけないよ。そういったうっぷんやはかなさなら、おそらく君が今まで耳にしたよりも僕は感じてきたんだから」（四部二章）と反駁する。

ユーステイシアのヒースに対する嫌悪とクリムのヒースへの愛は対極にあるにもかかわらず、厭世観、そしてプロメテウス的抵抗をユーステイシアと共有しているという認識が、間違いなくクリムにはあったのであり、この認識が、クリムに誤った期待を抱かせてしまったのだ。つまりヒースを自身にとって「十字架であり、ひどい仕打ちであり、死をもたらすことになる」（一部九章）と考え、ヒースに耐えられないユーステイシアとヒースとの類似性こそが、クリムにとっての最大の魅力であり、また互いが悲劇へと突き進むことになった原因とも言えるであろう。

六

以上、クリムの人物像を、エグドン・ヒースとの関連、そしてギリシア古典や聖書に登場する多くの人物と比較考察してきた。クリムが、悲劇的場面において、これらの偉大な人物とは決定的な違いを示していることは否定できない。クリムに向けられた聖書や古典への言及を「皮肉なねじれ」(118)とするスプリンガーは、最終的にクリムが「眼識をもたないオイディプスであり、謙虚さに欠けるキリストであり、知恵のないソロモン」(119)として提示されると述べ、クリムにとっては「心」こそが「唯一の王国」であり、そこでは「他の全てを排除するか、もしくは死に至らせてしまう」(115)と指摘する。これは、ユーステイシアとの交際および結婚生活におけるクリムにあてはまる。彼女との交際に関する母親の忠告に反発するだけでなく、互いの和解し難い様々な相違について気づいていたにもかかわらず、その事実に目をつぶり、結婚後は同床異夢の生活の中で自身の心の世界にのみ忠実に生きようとした。「多くの点で当時の中心的な都市の思想家たち」(三部二章)と同等に進歩的であったはずのクリムは、自身の心の世界を故郷エグドンで実現し、住民に知識を授けようとしたが、彼個人ではなく誰よりも妻を犠牲にしたのである。

また彼の目が不自由になったことは、クリムがユーステイシアの悲しみを慮れないことを含め、周囲の気持ちが理解できないことの象徴としても機能する。

エグドン界隈では身分が高いとされたヨーブライト夫人も、ヴァイ大佐がユーステイシアに教えたように小規模農場主と結婚し鄙びた住居に住み、そのような田舎暮らしが身についている女性であり、クリム自身その両親の性質を受け継いでいる。しかしパリでの暮らしや学業により悲観的な人生観を持つようになってしまったとも考えられる。そのような中で、大都会で獲得した知識を自身の物質的豊かさではなく、他者のために活かそうとした。しかしそれは善意というよりも、むしろ驕りであったと言える。

クリムの驕りは、エグドン・ヒースの住民が持つ人生の過酷さに対する抵抗力の圧倒的強さを見誤ったことに起因する。彼が知識を授けようとしていたヒースの住民たちはプロメテウス的抵抗を、この世への憂いなど示さずとも敢行してきたのである。彼らは、一一月五日、レインバロウで

「ドルイド祭式とサクソン儀式とのまざりものから流れを引いたもの」（一部三章）である焚火を行っているが、語り手は次のように説明する。

> それは巡るこの季節に、悪天の時、寒冷の闇、悲惨と死をもたらせという命令に対する自然発生的なプロメテウス的反逆を示している。暗黒の混沌が生じ、鎖で縛られる地上の神々が「光あれ」と言うのである。（一部三章）

エグドン・ヒースを自身の王国とすることを目指し、その王国で住民に知恵を授け、ユーステイシアを妻として迎えようとするも、彼女との結婚を決めた彼に、母親は「冠を授けてはくれず」（六部四章）クリムの試みは水泡に帰した。

しかし、留意すべきは、ユーステイシアを失った後のクリムの心境の変化である。クリムは、ヴェンとの再婚を決めたトマシンに、自身をワイルディーヴと同列において「僕たち男は、君が昔受けた仕打ちをすべて償わないといけないんだ」（六部三章）といった言葉をかけている。

さらに約二年半前の冬が近づく夕闇の中、ユーステイシアが孤独に立っていた塚の頂上に、今度はクリムが、暖かい晴天の下、聴衆に囲まれた状態で立つ。聖書におけるソロモン、バスシバ親子のやりとりの場面を取り上げて説教を行うが、「哲学の信条や体系にはふれない」クリムの説教を聞いて、「つまらない」もしくは「神学上の教義を欠くと不満を言う者」がおり、説教を「信じない者もいた」（六部四章）。しかしこれまでは自説を曲げることなく生きてきたクリムが前もって聴衆に伝えているのは、「決して独善的なものではない」（六部四章）ということである。

彼がつぶやく「何もかも僕のせいだ」という悔悛の言葉は、彼自身とは正反対の生き方を望んだ「妻のために」（六部四章）こそ、母親の判断にしたがうべきだったと、初めて自身より妻を優先したことを意味するものであろう。換言すれば、顔の見えない集団ではなく、最愛の人の苦悩に目を向けることこそ何よりも大切であったという事実に、あまりにも大きな代償を払うことでしかクリムは気づけなかったのである。

注

1　この詩は、一六〇七年に没したサー・エドワード・ダイヤー作の詩とされる。'My Mind to Me a Kingdom is.' *The Harvard Classics.* Ed. Charles W. Eliot. New York: P. F. Collier, 1937. 207–09 参照。

2　*OED* の "pomp" の項には、" 1548–9 (Mar.) *Bk. Comm. Prayer, Catechism,* That I should forsake the deuil[devil] and all his workes and pompes, the vanities of the wicked worlde. [1603 the deuill and all his workes, the pomps and vanities of the wicked world.] とある。

引用文献

Awano, Shuji. *Paradox and Post-Christianity: Hardy's Engagements with Religious Tradition and the Bible.* Yokohama: Shumpûsha, 1999.

Daleski, Hillel Matthew. *Thomas Hardy and Paradoxes of Love*. Columbia: U of Missouri P, 1997.

Fleishman, Avrom. "The Buried Giant of Egdon Heath." *Critical Essays on Thomas Hardy: The Novels*. Ed. Dale Kramer. Boston: G. K. Hall, 1990, 141–55.

Hardy, Thomas. *The Return of the Native*, Ed. James Gindin. New York: Norton, 1969.

Heilmann, Ann. "Marriage." *Thomas Hardy in Context*. Ed. Phillip Mallett. Cambridge: Cambridge UP, 2013. 351–62.

Hyman, Virginia R. *Ethical Perspective in the Novels of Thomas Hardy*. Port Washington: National University Publications; Kennikat, 1975.

Kramer, Dale. *Thomas Hardy: The Forms of Tragedy*. Detroit: Wayne State UP, 1975.

Mattisson, Jane. "Education and Social Class." *Thomas Hardy in Context*. Ed. Phillip Mallett. Cambridge: Cambridge UP, 2013. 188–97.

Meisel, Perry. "The Return of the Repressed." *Thomas Hardy's* The Return of the Native. Ed. Harold Bloom. New York: Chelsea, 1987, 49–65.

Lawrence, David Herbert. "From 'Study of Thomas Hardy': *The Return of the Native*." *Thomas Hardy's* The Return of the Native. Ed. Harold Bloom. New York: Chelsea, 1987. 7–12.

Paterson, John. "The 'Poetics'of *The Return of the Native*." *Critical Essays on Thomas Hardy: The Novels*. Ed. Dale Kramer. Boston: G. K. Hall, 1990. 133–40.

"Pomp." *The Oxford English Dictionary*. 1st ed. 1961.

Purdy, Richard Little. *Thomas Hardy: A Bibliographical Study*. Oxford: Oxford UP, 1954.
Springer, Marlene. *Hardy's Use of Allusion*. London: Macmillan, 1983.
Stewart, J. I. M. *Thomas Hardy: A Critical Biography*. New York: Dodd, 1971.
Sumner, Rosemary. *Thomas Hardy: Psychological Novelist*. London: Macmillan, 1981.
Wright, T. R. "Positivism: Comte and Mill." *Thomas Hardy in Context*. Ed. Phillip Mallett. Cambridge: Cambridge UP, 2013. 296–305.
『新約聖書―改訳』、日本聖書協会、一九五四年。

第四章　『帰郷』に垣間見る性の多様性
――ユーステイシアとクリスチャンの場合――

渡　千鶴子

一

「今日ではジェンダーやクイア理論は、闘争であれ、調和であれ、心理学的にもおそらくは生物学的にも社会学的にも、その立場をもっと複雑な理解の方向に向きを変えている」(Higonnet 117)という論旨に依拠して、性の多様性に焦点を当て、ユーステイシア・ヴァイやクリスチャン・キャントルの描かれ方を検証したい。

二

まず、仮面劇のユーステイシアの仮装［変装、異装、異性装］について考察する。

ローズマリー・モーガンは、「ハーディが『帰郷』を書いていた一八七〇年代の中期から後期に、（中略）ジョルジュ・サンドを読んでいた」(58–59) と記している。ハーディの注意は一八七六年に様々な点で、サンドに向いており (T. Hardy, *Notebooks* 299)、レズリー・スティーヴンが、彼にサンドを読むように勧める (xx) 数年前に、すでに彼女の作品に精通していた (300)。一八七三年一二月八日付の手紙に、ヘンリー・ホルトが、ハーディに『モープラ』『アンジボーの粉挽き』『ヴィルメール侯爵』を送ったと記載がある (T. Hardy, *Notebooks* 300; Weber 20) と示されている。またハーディはフランス文学における「名声不朽の人」の中にサンドをリストアップしている (T. Hardy, *Notebooks* 300; *Writings* 140)。ハーディがこの三冊を読んでおり、他の作品にも興味があったことは、リストアップしていることから窺える。サンドの作品には、変装するものが『モープラ』以外に、『ガブリエル』や『歌姫コンシュエロ』などがあることを考えると、ユーステイシアの仮装場面が、サンドの作品の影響を受けていなかったとは言えない。しかもサンドは、実生活で男性の服装をしたことや、男装の麗人としてつとに知られている。

『帰郷』の発刊後約半世紀経過した時に、演劇化された仮面劇に関するハーディの見解を、三通の手紙から見ておこう。一九二〇年一一月一一日　小説では馴染みのある仮面劇の言葉をそのまま台詞として使っているので、演劇でもそうするようにと、脚本家のティリー氏に指示するが、それ以外の助言は何もしていない (T. Hardy, *Letters* 6: 45)。一一月二八日　ティリー氏による劇は期待以上に成功した。ドーセットで演じられているものをどたばた劇に脚色しているものもあるが、チェシーで演じられる『聖ジョージ』はドーセットのものと同じだろうか (47)。一二月二二日　クリスマスに演じられる予定の仮面劇は『帰郷』で描いたように、一〇〇年前のドーセットのものを正確に再現している(57)。三通の手紙から、ドーセットで伝統的に演じられている仮面劇を、ハーディがいかに大事に思っているかが理解できる。

歴史的には、仮面劇は一八世紀からイングランドの祝祭日に演じられた人気がある伝統劇で、仮面劇という言葉は一九世紀の民俗学者たちによって考案されたようだ(*OED*)と記載がある。テクストとして使用したNew Wessex版(433)には一〇行、Oxford World's Classics版(402)には三行の注釈が、仮面劇に関してつけられている。

ユーステイシアの仮装と関わる"cross-dressing"という言葉にも、触れておきたい。"cross-dressing"は、複雑な現象を単純に言い表している。異性装は初期においては、精神科医がその研究を担っており、異性装者を精神異常か性的倒錯の一種と見做すことがあった。一九一〇年、マグヌス・ヒルシュフェルトが、"cross-dressing" *transvestism* (Latin for "cross dressing")という新語を造り出した。ある時代や文化において、"cross-dressing"はホモセクシュアリティやレスビアニズムと関係があり、また違う時代や文化において、ホモセクシュアルとヘテロセクシュアルの両方の現象として見られる。服装は伝統的には、性の違いを示すごく普通の象徴であり、男性性や女性性の社会概念を強調する。それゆえ、"cross-dressing"は、ジェンダーの境界線を越境することを表す(Bullough and Bullough vii–viii)としている。

批評家たちは異性装をするユーステイシアをどのように分析しているのだろうか。ペニー・ブーメラは、「彼女[ユーステイシア]が仮面劇の衣装で二重に仮装することで、セクシュアリティとアイデンティティーの相互依存を経験している」(55) と言う。レナード・W・ディーンは、「仮面劇のユースティシアは、いつも憧れを抱いている英雄的な男役を引き受けている。彼女は本質的な人としての条件を変更して、性を換えたがっている」(123) と見解を示す。エレン・ルー・スプレッチマンは、「彼女は誰にも邪魔をさせない。時には自分の目的のためにチャーリーやクリムを使う。彼女はモラルに欠けているところがある」(42) と示唆する。またスプレッチマンは、「トルコの騎士役は女性の拘束を脱ぎ、しばらくの間でも効果的に男性になることができるのだ。『彼女は自分自身に光を当てて、性を換えた自分を明らかにしている』(二部四章) と、ハーディは私たちに告げており、一連の話は女性のリスペクタビリティには、限界があることを示す冒険談なのである。ユースティシアは、慎ましく振舞うヴィクトリアンヒロインではなくて、威勢のいいロマンティックヒーローになるつもりであることが、小説の至る所で示されているが、引用部分ではそのことが明示されている」(52–53) とも指摘する。

仮装の理由は、クリム・ヨーブライトに気づかれずに、彼を見たいという欲求から生じている。しかしその理由だけであれば、陰に潜んで彼を観察すれば叶う。男性しか演じない仮面劇を演じる必要はない。彼女は伝統を逸脱する行為をしても、異なる性を模倣して演じてみたかったのではないだろうか。この点を明らかにするために、仮装の場面（二部四章と五章）を検討しよう。

演目は『聖ジョージ』なので、衣装は男性が戦場に赴く時に身を守るために着用する甲冑で、男性的であるはずだ。しかし作り手は女性なので、女性好みになり、甲冑のそこかしこに絹やビロードでループがつけられ、蝶型リボンがつけられる。コミカルとしか言い様がない奇妙な衣装ができ上がる。だが、"cross-dressing"からは違う見方が可能になる。鎧、兜の男物の衣服に女性っぽい装飾がなされて、ジェンダーフリーの衣装が誕生することになる。

彼女は仮面劇やその役者を軽蔑しているにも拘わらず、女性は演じないという伝統を破り、チャーリーに役を代わってほしいと願い出る。チャーリーは、ユーステイシアの服は女物だから代われないと断る。すると、彼女は仮面劇の衣装とは別の少年の服を手に入れることだってできる(I can get boy's clothes—at least all that I would be wanted besides mumming dress.)し、私の従兄弟を代役にすればうまくいくからと、チャーリーに交渉する。彼女の言葉は、彼を説得するための方便であろう。しかし彼女はこの便宜上の手段を利用する。チャーリーは、男物の服を着た男性の従兄弟なら、大丈夫だと思う。それでも、彼も規則破りの片棒を担ぐという危険を冒すことになるので、その代償として、彼女に手を握らせてほしいと頼む。彼女の承諾を得たチャーリーは満足する。ルール違反をした上で、彼にこのような代償を払っても、自分の欲求を満足させようとする彼女に、異性装への関心があったことは明白である。自己解放の側面もある変装で、束の間男性になりすます魅力に、ユーステイシアが惹かれないわけがない。頭頂から爪先まで、男性に変化した姿を、「よく似合っているわ」と惚れ惚れする態度は、満足感に浸っている彼女を映し出している。彼女は努力したり気後れしたりせずに舞台に立ち、吟唱している間も直立姿勢で、できるだけ荒っぽい語り方をするのは、男役が板についており、男性に成り切っている証拠である。このような余裕のある彼女に、異性装を楽しむ気持ちが潜んでいることは間違いない。

舞台上で男女が反転するのは、シェイクスピアの『お気に召すまま』のロザリンドや『十二夜』のヴァイオラに見られ、歴史が古くてさほど注意を喚起しないかもしれない。しかしこの場面での衣装は、騎士の服であるから男物である。その衣装を着用する前に、ユーステイシアは従兄弟のものとされている男物の服を着ているが、その下には当然のことながら女物を着ている。先に述べたように、騎士の衣装は女性っぽくアレンジされているジェンダレスの衣装である。全体の構図は、男性衣装に女性っぽさが施された衣装＋男性の従兄弟のものとされている服＋女性［ユーステイシア］の服である。男性と女性という二項対立からすれば、性の混乱になるが、性の多様性の視点からすればどうだろうか。ユーステイシアが着るトルコ騎士の服装という異装だけでなく、ユーステイシアという女性人物に男性の従兄弟という人物が重なる。かつ騎士という男っぽい衣装にリボンのついた女っぽい衣装という手の込んだ異性装。男性と女性が入れ替わることに加えて、ユニセックスの衣装を纏うことに、固定化されたジェンダー規範の攪乱、男性と女性の性の枠組みを越境した現象が確認できる。

マリーア・アントニエッタ・ストゥルッツィエーロは、仮面劇でユーステイシアが死へと導かれるのは、標準的な形態を逸脱したための罰であるとして、ディジェネレイションを念頭に置いて、社会制度とコンベンションの「退化」を攻撃している（web）[1]と読んでいる。また、徐々に「地面に沈んでゆく」戦いで彼女が死ぬのは、彼女が物語の結末で亡くなることを予言している（web）と解く。

確かに劇での彼女の死は、『帰郷』のラストシーンを思い起こさせる。しかもトルコ騎士の討死の仕方は、自分にとって一番適していると思っているので、彼女はこの仮装の場面ですでに最期を望むように仕掛けられていると言えば過言であろうか。主人公ユースティシアの死を予想させる仮装場面は、『帰郷』の中で占める割合はわずかであるが、決して見逃せない。しかもこの異装を可能ならしめたのは、村人の一人であるチャーリーであったことを考え合わせると、村人の役割を軽視できない。

三

ユースティシアは異装するが、クリスチャンは、常に男性か女性か分からない服装である。そのような彼と村人たちとの関係性を本節で探ってみたい。

彼はシスジェンダー (cisgender)[2] ではない。男性でも女性でもなく、両性を保持する身体を持つ性的少数者［LGBTQI］[3] である。

ハーディの作品と衣服の関係性を明確にしたサイモン・ガトレルは、『緑樹の陰で』のトマス・リーフの着ているスモック《野良着》フロックに言及して、「彼は、セックスは男性であるが、ジェンダーは不確定（のらりくらりしてぎすぎすした男か女か分からん体の馬鹿 "a slack-twisted, slim-looking maphrotight [i.e. hermaphrodite] fool"[4] と、呼ばれる『帰郷』のクリスチャン・キャントルのよう）である。

（中略）リーフを表象するのに、ハーディはもっぱらスモックフロックを用いており、衣類としては言うに及ばず男性の着衣であるが、（その名から）通常は女性の服を連想する材質である」(130)と述べている。ガトレルは、リーフやクリスチャンのジェンダーの曖昧性を力説しているのである。『緑樹の陰で』の「スモックフロック」の注記には、リーフの服は農業労働者であることを表している(194)と記載があるが、「ジェンダーは不確定」に関する注記の記載はない。ところが、リーフが「ソプラノで歌える」の注記には、クリスチャン同様、リーフの子供っぽさと共に、曖昧なジェンダーが表れている(206)とある。“maphrotight [hermaphrodite] fool”という直接的な単語は、『緑樹の陰で』にはないが、ソプラノの音域を持つというリーフに、クリスチャンと同じ性の多様性を見て取ることができる。一八七二年、すでにハーディは、男性と女性にカテゴライズされない境界線の不明瞭さを、作品に描き込んでいたことになる。“hermaphrodite”は、ヴィクトリア朝の頃から、医療関係者によって用いられ始めた言葉で、ギリシア神話に登場する「女性」と「男性」の両方の性器を備えたヘルマフロディトスを語源とする[5]ので、ハーディが作品に描いても不思議ではない。

　批評家たちのクリスチャンの捉え方をもう少し追ってみよう。

　エリザベス・ラングランドは、ハーディの作品におけるジェンダー評は、一九七〇年代には“women and femininity”に集中しているが、その後数年の間に“masculinity”へ興味が移り、一九八〇年代にはクイア理論が浮上して、“masculinity”への分析が強くなる。ここでいう“masculinity”

とは、生物学的に男性として生まれるという事実を示す“maleness”とは違い、生まれながらの男性として、文化的に期待されている“maleness”とも違う(374)と評する。ラングランドの見解から、クリスチャンは、“maleness”として誕生していないので、男性として期待されてもいないことになる。

ジェイン・トマスは、ワイルディーヴとの対極に、三一歳になっても身体的にも感情的にも成熟していない、男らしくないクリスチャンがいて、彼は性の不確実性を匂わせている。クリムは、ワイルディーヴとクリスチャンの相反する対極の間のどこかに自分の位置を探し求めている。そして男性性としての深い心理の不安を体現していると読むことができる(129–30)と主張する。これは、主人公たちと同等の土俵にクリスチャンを置いており、興味深い。

クリスチャンを劣性として扱っている場合もある。例えば、「ハーディのキリスト教への侮辱は、クリスチャン・キャントルの滑稽な姿にもっとも明らかで、キリスト教徒のカリカチュアであろう」(Paterson 117)。「『帰郷』におけるコミュニティーは、馬鹿げたつまらないものになっている。はにかんだプアグラスは、インポテンツのクリスチャン・キャントル(その名は、健康的な異教主義がキリスト教によって去勢されたことを示す)となって、再登場する」(Goode 46)。「重要なことだが、クリスチャンは結婚相手を見つけられない。村人は彼をインポテンツであると認めて、彼を『去勢した雄羊』と呼ぶ。彼らは彼を心理的に不健康であると思っている」(Stave 64)などである。

性的少数派に立つトレーシー・ヘイズの二つの論文は関心を引く。「ハーディは、ヴィクトリア朝社会における歴史学や生物学のジェンダー概念を使って、'other'としての男性性を表すことに精通していた。（中略）そのような人物〔リーフとクリスチャン〕は、伝統的な男性性を批判する機会を与えてくれる」("Rames"62)。また「"unman"は、社会的にも生物学的にも構成概念であるが、"hermaphrodite"という両性具有を共有していない〔両性具有ではない〕。フロイトは男らしさや女らしさは、すべての人の中に共通して存在するので、人は皆構成上"bisexual"であると論じている。[6] そのためフロイトは男性性は純粋な状態では存在しないと主張する。しかしながらリーフもクリスチャンも"bisexual"というより"asexual"に属していると思われる。（中略）リーフもクリスチャンも重要人物ではないが、ジェンダーの伝統に逆っているのではなくて、ジェンダーの境界を不明瞭にしている」(64–65)という論旨は二一世紀的である。二つ目の論考では、「"hermaphroditism"は欠点や社会の孤立をしばしば導く異常と考えられている。〔しかし〕クリスチャンは社会で孤立を苦しまない『異常な』存在であり、事実、彼はコミュニティー内に穏やかに融合されている」("Red Ghost" 53–54)。「クリスチャンは、一九世紀の生物学の標準からすれば、『奇形で不自然である』が、優生学者の論理に抵抗を試みている例でもある」(55)と論述する。

ヘイズは、「異常な」存在であり、「奇形で不自然である」クリスチャンが、「コミュニティー内に穏やかに融合されている」ことを、具体的に述べていないので、『帰郷』の一部三章を中心に検証してみたい。

「女なら誰だって結婚したがらない男を知っているか」とハンフリーが尋ねた時、ティモシー・

フェアウェイが片足に力を込めて、「そんな男を知っているけど、たった一人だけだぜ」と言って、火かき棒を喉に当てる。火かき棒は直喩"as lean[thin] as a rake"を思い出させるので、泥炭刈りが、「そのかわいそうなやつは、幽霊のような案山子みたいだったのか」と問うのだろう。案山子の外見は人形《ひとがた》を象徴するので、クリスチャンの表象として最適である。「そうなんだが、聞こえないわけでも、喋れないわけでも、見えないわけでもないんだ。［どう言えばいいか分からんのだ］[7]」は、感覚器官に障害があるわけではないが、何らかの問題があることを暗示している的確な言葉である。「この辺りじゃ、知られているのか」と、オリー・ダウデンが尋ねると、「そんなには知られていないが、名前は言わねえよ」と、ティモシーが返答する。一連の会話を聞いていたクリスチャンの歯がガタガタ鳴る描写は、性的少数者を自認する彼の、皆と共有できない思いや、言語化できない感情を可視化している。フェアウェイは、クリスチャンに向かって「出てこいよ。ここにいるなんて知らなんだ」と思いやりのあるまなざしを彼に向ける。フェアウェイに促されて、髪は葦のようで、肩がなく、手首と踝《くるぶし》が異様に服から出ているクリスチャンが、ふらつき加減で前に出てくる。そして、「どの女も結婚したがらない男がおらだ」と宣言する。キャントルじいさんが、孵化させたアヒルを見るように［自分の息子を］見つめているのは、『みにくいアヒルの子』を想起させる。童話の中の野鴨の台詞である「このアヒルを婿にもらうわけではないから、別にどうでもいい」は、クリスチャンが結婚できない男性であることに結びつく。とは言え、アヒルは白鳥であったことが分かる結末を当てはめると、インターセックスであるクリスチャンを、ネガティブに捉えていないことになる。「おらを傷つけたと思うかい？　おらはいつも気にしてないと言うさ。そうだと誓うよ。でもさ、ずっと気にしてるんだ」というクリスチャンの素朴な言葉に、彼の生きづらさと心裡が絶妙に織り込まれている。

　皆の尋常ではない驚きを察知してフェアウェイは、「俺はおまえのことを言ったのでは絶対にないんだ。そうすると、ここにはもう一人いることになるな！　何でおまえはこんな不幸を打ち明けたんだ？」と、告白は不要だったと言外に含ませる。自分を曝け出して、「そうなんだから、仕方ねえじゃないか」と言うクリスチャンに、フェアウェイは、「うん、そうだな。それにしても気の滅入ることだ。おまえが皆に話した時、俺の血は冷たくなった」と心の痛みを伝える。「もう一人いることになるな！」は彼の良心の疼きであり、クリスチャンに仲間がいると、励ましているのかもしれない。あるいは、自分が告白させることになった状況から逃れるためだったのかもしれない。実のところ、ハーディは二人いたと仄めかしているだけである。

　女性の言葉、すなわち「のらりくらりしてぎすぎすした男か女か分からん体の馬鹿[8]は、消え失せろ」を、フェアウェイが繰り返すのはなぜだろうか。あまりにも驚いたので意図せず口からこぼれ出たのか。他の者たちにも分かるように繰り返したのか。事実を本人が告白した後なので、本人をさほど傷つけないと判断したのか。事実であると認めた以上、受け止める覚悟をして、強く生きてほしいとクリスチャンに示したのか。二人いたと仄めかすに留めた描出と同様に、ハーディは曖昧なままにしている。

村人たちの会話は、彼がインターセックスであることを裏づけるかのような話である「新月に生まれた男の子は何者にもならない」という諺へと進む。それを聞いて絶望的になったクリスチャンが、フェアウェイに向かって、「満月に生まれたんだよな」と言う。フェアウェイは、「新月ではなかったな」と、興味などないというまなざしで答える。フェアウェイの態度の背後に、それとない思いやりがある。ハーディは当時の読者の気を引くような諺を用いて、クリスチャンの現状を肯定する。だが諺に信憑性はないので、読者は物足りなさを感じる。しかしこれがハーディの筆法であり、読者をアンビギュアスな状況に置くことが彼の狙いなのである。

「おらはただの骸骨」とクリスチャンは言う。「ただの骸骨」は、人間として不足部分があることを示唆する。しかしそうであっても、それは負として描かれていない。多くの人と彼との違いを描写した後に、必ず村人の優しさが描かれる。フェアウェイは、「去勢した雄羊だって他の羊たちと同じように生きていかねばならねえ」[9]と言う。身近にいる動物を例に出し、現実的に、角が立たないように説明する。彼は、この世の無常を分かりやすい言葉に乗せる。フェアウェイのような人物が村人たちを統制しているので、内面に言い知れぬ鬱積や葛藤を抱えていてもクリスチャンは、コミュニティーに溶け込めるのである。

元の構想ではない「後日物語」（六部四章）でも、クリスチャンは包み込まれている。布団作りの際、彼は羽毛をうまく扱うことができなくて失敗する。父は「おまえみたいな不器用なやつは見たことがない。（中略）こども (chiel)[10] じゃないか、クリスチャン」と、彼を責める。「男なら皆、結婚するか、兵隊に行くか、それが世の慣わしだ。どっちもしないのは恥だ」と、矢継ぎ早に父は彼を扱き下ろす。これらの言葉に、父の複雑な気持ちが表れている。愛情を示しつつも、どうしようもないクリスチャンの身体に対する苛立ちが伝わってくる。皆の代表としてフェアウェイは「もう一回やってみろよ」と、何気ない一言で元気づけている。

クリスチャンが居場所を失わず、ユーステイシアのような最期を味わうことなく、共同体の中に共生できるように、ハーディは工夫を凝らしているのだ。

四

デズモンド・ホーキンズが「彼［ハーディ］のアプローチには、スモックを着た無骨者『田吾作』として、農業従事者をステレオタイプ化するような見下す態度がない」(58) と村人の描き方を評価している。「本質を犠牲にしたり、人間の尊厳を失うことなく、嵐に向かうのが彼ら［村人たち］の天賦の才なのだ」(213) と、村人への賛辞を惜しまない。

アーサー・ホプキンズ宛の手紙、「少年の服を着たユーステイシアを想像するのは楽しいがイラストとしては安全ではないだろう」(T. Hardy, *Letters* 1: 54) に、グランディズムを意識しながら異性装を描いたハーディが読み取れる。ハーディ自身が村人の描写には自信を持っていたことは、ジョージ・エリオットを偉大であると認めながらも、「彼女は田畑の仕事に触れたことがないように思えた。彼女の描く人物は田舎の人というより、小さい町の人のようだ」(F. Hardy 98) から窺い知れる。また『はるか群衆を離れて』のイラストに関して、「田舎者たちは風変わりだが、知的に見えるように、決して無作法には見えないように描いてもらいたい」(97) と注文をつけたのは、村人への尊敬の念の表明である。

身体のハンディキャップに寛容な目を向ける村人たちの鷹揚さの中に、クリスチャンの存在が包摂されている。異質として退けられることの多いジェンダーの越境である異性装や、性的マイノリティの声が響く『帰郷』に、ハーディの性の多様性を温かく見守る視点を垣間見ることができるのである。

注

1 オンラインの書籍のためページ数がないので (web) とする。

2 出生時に充てられた性と、自らが認める性が一致する性。*OED* の二〇一八年三月のオンライン上での修正版には以下が記載されている。"Designating a person whose sense of personal identity and gender corresponds to his or her sex at birth; of or relating to such persons. Contrasted with transgender."

3 *OED* に、draft additions として二〇〇六年に "LGBT"、二〇一八年に "LGBTI" と "LGBTIQ (also LGBTQI)" が記載されている。

4 *THD* に、"slack-twisted: (dial.) inactive, lazy, weak-minded, shiftless. (*OED*)" とあり、"slim-looking: looking

artful, crafty, or unscrupulous"と、"maphrotight: hermaphrodite, a person with characteristic of both sexes."とある。形容詞から当たらずとも遠からずのクリスチャンが、名詞から彼の人物像が明確化できる。*OED*に、"hermaphrodite: A person or animal (really or apparently) having both male and female sex organs. *NED* (1898) comments: Formerly supposed to occur normally in some races of men and beasts; but now regarded only as a monstrosity."とある。

5　『セクシュアリティ基本用語辞典』、金城克哉訳、明石書店、二〇〇六年による。

6　注に、For a discussion of Freud's theories of gender see R. W. Connell, *Masculinities* (Cambridge: Polity Press, 1995), in particular chapter 1, 'The Science of Masculinity' (Hayes "Rames", 66) とある。

7　OWC版にこの単語の記載がないので、補填した箇所は、NW版に準拠する。

8　NW版の本文は"maphrotight fool" (53) で、"maphrotight"には"hermaphrodite" (427) と注記がある。OWC版の本文は"fool" (28) のみで、"maphrotight fool (1912)"と"hermaphrodite" (418) と注記がある。

9　NW版に"rames: (Dial.) skeleton or carcase." "Wethers: castrated male sheep." (427) とあるだけだが、OWC版は"rames: literally, the bones or skeleton; dialect for a man's frame." "Wethers: castrated rams, thus, Christian is being called a eunuch." (395) で、具体的にクリスチャンの身体に言及している。また"no good in the world: no good for my race (1895)"とあり、ハーディは、徐々に性的な詳細を明示することに自信を持つようになったことが分かる (418) とある。性の多様性の描写に、ハーディが心を砕いていたことが、この注記からも浮かび上がる。

10　*THD*の"chiel: a child of either sex"は、父が彼を成人として認めていないことと、彼がインターセックスであることを暗示している。

引用文献

Boumelha, Penny. *Thomas Hardy and Women: Sexual Ideology and Narrative Form*. Brighton: Harvester, 1982.

Bullough, Vern L. and Bonnie Bullough. *Cross Dressing, Sex, and Gender*. Philadelphia: U of Pennsylvania, 1993.

"Chiel." *A Thomas Hardy Dictionary*. Tokyo: MEICHO-FUKYU-KAI, 1984.

"Cisgender." *The Oxford English Dictionary Online*. 2018. The Oxford English Dictionary. 31 Mar. 2018.

Deen, Leonard W. "Heroism and Pathos in *The Return of the Native*." *The Tragic Novels*. Ed. R. P. Draper. London: Macmillan, 1978. 119–32.

Gatrell, Simon. *Thomas Hardy: Writing Dress*. Oxford: Peter Lang, 2011.

Goode, John. *Thomas Hardy: The Offensive Truth*. Oxford: Blackwell, 1988.

Hardy, Florence Emily. *The Life of Thomas Hardy 1840–1928*. Hamden, CT: Archon, 1970.

Hardy, Thomas. *The Collected Letters of Thomas Hardy*. Ed. Richard Little Purdy and Michael Millgate. 7vols. Oxford: Clarendon, 1979–88.

——. *The Literary Notebooks of Thomas Hardy*. Ed. Lennart A. Björk. Vol.1. London: Macmillan, 1985.

——. *The Return of the Native*. 1878. London: Macmillan, 1974.

——. *The Return of the Native*. 1878. Ed. Simon Gatrell. Oxford: Oxford UP, 2008.

——. *Thomas Hardy's Personal Writings: Prefaces, Literary Opinions, Reminiscences*. Ed. Harold Orel. Lawrence: U of Kansas P, 1966.

——. *Under the Greenwood Tree: A Rural Painting of the Dutch School*. 1872. Ed. Tim Dolin. London: Penguin, 2004.

Hawkins, Desmond. *Hardy: Novelist and Poet*. London: Papermac, 1981.

Hayes, Tracy. "'Only the Rames of a Man': Hardy's 'Unmen' and 'Others'." *Hardy Society Journal* 9.1 (Spring 2013):

62–66.

——. "The Red Ghost and the No-Moon Man: Masculinity as Other in *The Return of the Native*." *Hardy Society Journal* 10.2 (Summer 2014): 51–57.

"Hermaphrodite." *The Oxford English Dictionary Online*. 2022. The Oxford English Dictionary. 31 Mar. 2022.

Higonnet, Margaret R. "Hardy and his Critics: Gender in the Interstices." *A Companion to Thomas Hardy*. Ed. Keith Wilson. [Chichester]: Wiley-Blackwell Online Books, 2009. [117–29.] 31 Mar. 2022.

Langland, Elizabeth. "Hardy and Masculinity." *Thomas Hardy in Context*. Ed. Phillip Mallett. Cambridge: Cambridge UP, 2015. 374–83.

"LGBTIQ (also LGBTQI)." *The Oxford English Dictionary Online*. 2018. The Oxford English Dictionary. 31 Mar. 2018.

"Maphrotight." *A Thomas Hardy Dictionary*. Tokyo: MEICHO-FUKYU-KAI, 1984.

Morgan, Rosemarie. *Women and Sexuality in the Novels of Thomas Hardy*. London: Routledge, 1988.

"Mummer's play." *The Oxford English Dictionary Online*. 2022. The Oxford English Dictionary. 31 Mar. 2022.

"Mummery." *The Oxford English Dictionary Online*. 2022. The Oxford English Dictionary. 31 Mar. 2022.

Paterson, John. "An Attempt at Grand Tragedy." *The Tragic Novels*. Ed. R. P. Draper. London: Macmillan, 1978. 109–18.

"Slack-twisted." *A Thomas Hardy Dictionary*. Tokyo: MEICHO-FUKYU-KAI, 1984; *The Oxford English Dictionary Online*. 2022. The Oxford English Dictionary. 31 Mar. 2022.

"Slim-looking." *A Thomas Hardy Dictionary*. Tokyo: MEICHO-FUKYU-KAI, 1984.

Sprechman, Ellen Lew. *Seeing Women as Men: Role Reversal in the Novels of Thomas Hardy*. Lanham: UP of America, 1995.

Stave, Shirley A. *The Decline of the Goddess: Nature, Culture, and Women in Thomas Hardy's Fiction*. Westport, CT:

Greenwood, 1995.
Struzziero, Maria Antonietta. "Being Human Within an Evolving Universe: A Study of Thomas Hardy's *The Return of the Native*." *FATHOM* 4 (2016). 5 Jan. 2019.
Thomas, Jane. "Growing up to Be a Man: Thomas Hardy and Masculinity." *The Victorian Novel and Masculinity*. Ed. Phillip Mallett. Basingstoke: Palgrave Macmillan, 2015. 116–50.
Weber, Carl J. *Hardy in America: A Study of Thomas Hardy and His American Readers*. New York: Russell, 1966.

第五章　『帰郷』におけるユーステイシア・ヴァイの怒りについて

杉村　醇子

一

『帰郷』のユーステイシア・ヴァイにまつわる論調の一つとして前作『はるか群衆を離れて』のバスシバ・エヴァディーンと関連づける傾向を確認できる。シャーリー・A・ステイヴは自然と調和するゲイブリエル・オウクとディゴリー・ヴェン、あるいは放蕩者と言えるフランシス・トロイとデイモン・ワイルディーヴなど、二作品の人物間に類似性を見出す一方、[1] ウェザーベリーの日々に充足するバスシバと、エグドン・ヒースで隔絶した暮らしを送るユーステイシアには対照性を認める (49)。またユーステイシアの人格の二面性や多義性も考察されてきた。レナード・W・ディーンは、アフロディーテを彷彿とさせる愛の女神、魔女的存在、あるいは運命の女など、ユーステイシアの複数の人格を列挙した上で、この多面性ゆえに、読者が彼女に対して首尾一貫したイメージを抱くことは困難である (208) と述べる。さらにこのユーステイシアの多義性に関して、T・R・ライトはジョン・パターソンの作品生成に関する先行研究に基づき、悪魔的人物からロマンティックな主人公へと変容する度重なるテクスト改変に由来する (58) と、またジョージ・ワットンは作者ハーディの筆致が示す多様なディスコースの相違から生じる（115）と考え、両者共、とらえがたい彼女の人格を指摘する。

このように多層的な、時に相反する自我を持つユーステイシアであるが、『帰郷』を読み直す際、あらわになる彼女の怒りに限定した考察は、これまであまりなされてこなかったように思われる。そのため本論では、初めに、多面的な人格を持つユーステイシアの怒りはどのような対象に向けられ、その人物造形はどこに由来するのか検討を加える。その後、彼女の人生と深く関係するクリム・ヨーブライトとトマシン・ヨーブライトの怒りについて考察する。最後にユーステイシアがエグドン社会に対しても一律に対峙するのではなく、反発と受容という興味深い二重性を示すことを実証し、彼女の錯綜した怒りの悲劇的な有り様を明らかにしたい。

二

ユーステイシアはシャドウウォーター堰での死に至るまで、怒りを多方面に向ける。別れをほのめかすワイルディーヴと接する時は「マグマのような憤り」（一部六章）が広がる。ヴェンがトマシンとワイルディーヴとの仲を画策する際は「屈辱感が彼女の中で燃え上がり」、また「うまくいっていたのに、負けないからね！　あんな劣った女になんか！」（一部一〇章）と、怒りと対立姿勢を表明する。ハリエニシダ刈りに従事するクリムには「飢え死にするほうがまし」（四部二章）と不満をぶつけ、彼女は関係するほぼ全ての人に怒りを抱く。またその感情は自身にも向けられている。

このユーステイシアの怒りは彼女の激しやすい性向に由来する。一部七章「夜の女王」では「模範的な人間の女ではなく女神にふさわしい感情と本能を備える」と気質の激しさが示され、刻々と感情が変化する様は「彼女は紅潮し、想像の虚偽性を思い出すとうなだれた。しかし再び生き生きし始め、興奮した。その後また冷静になった」（二部三章）と描写される。またユーステイシアの主張を通す自我の強さも怒りの発露につながる。彼女がためらいや言い淀みを見せることは稀で、ワイルディーヴやクリムとの対話では意思を率直に伝えている。ヴェンも「孤独な娘の中にある精神の明晰さと力強さ」（一部一〇章）を知り、ユーステイシアと議論するのを断念する。しばしば「灼熱の女」（二部三章）と称されるユーステイシアは主張をためらわず、怒りの表出を恐れないが、この人物造形はどこに由来するのだろうか。

ハーディは先達の文学から多くを学び、特にローレンス・スターンやダニエル・デフォーなどの作品を文体研究のために参考にした (F. Hardy 105) が、初期および中期作の執筆時には、ジョルジュ・サンドからも影響を受けた。サンドがヨーロッパ全土に及ぼした影響を分析するポール・G・ブラントは、特にイギリスの人びとが彼女の作品を熱狂的に受け入れた (5) と語るが、ハーディもその例外ではなかった。高く評価するフランス人作家のリストにルソーやバルザックと共にサンドを含める (*Writings* 140) ハーディは、詩作「ある古老より老人たちに」(660) において懐古的にサンドの名に言及し、晩年のエッセイでも彼女の小説『アンドレ』からの一節を引用する (*Writings*

148)。このハーディとサンドの初期の接点は一八七一年に見出すことができる。編集者ジョン・モーリーは、ハーディの作品は、サンド小説の魅力である繊細な詩的息吹に欠けると判断し、彼女の作品を読むよう助言した (Pinion 103; Lerner 17; Millgate 127)。さらに一八七三年、ケンブリッジに暮らす親友ホーラス・モウルは、ロンドンのハーディにサンド作品の英訳本を探すよう依頼した。モウル自身は九月に自殺し、ハーディに衝撃を与えたが、[2]彼からの依頼はサンド文学への興味を増大させただろう。実際、ハーディは交流のあったアメリカの編集者ヘンリー・ホルトにサンドの英訳本を問い合わせ、ホルトはボストンで一八七一年に出版されたヴァージニア・ヴォーンによるサンドの三つの英訳本、『モープラ』『アンジボーの粉ひき』『ヴィルメール侯爵』をハーディに送っている (Weber 19–20)。この三作品のうち、『帰郷』執筆時にハーディは特に『モープラ』に関心を寄せた (*Women* 59) とローズマリー・モーガンは語るが、『モープラ』のヒロイン、エドメがユーステイシアの人物像に影響を与えた可能性を指摘したい。

一八三七年に出版されたサンドの『モープラ』の主人公、ベルナールは孤児であり、野蛮な生活を送る。しかし一七歳の時、遠縁の女性エドメに出会い彼女の父と共に生活するようになる。無教養であるベルナールに対し、エドメや周囲の人々は適切な教育を施す。その後、パリに移動したベルナールはアメリカ独立戦争に参加するなど、波乱に富む日々を送り、大きな変容を遂げる。最終的にエドメと結婚することから、本作は言わば少年ベルナールをめぐる教養小説と言える。この『モープラ』のヒロイン、エドメとユーステイシアには、出自と信仰は異なるものの、複数の共通項を確認できる。作中、ユーステイシアの髪と目は「豊かな黒髪」（一部七章）「漆黒の目」（二部七章）とあるように、何度も黒の色彩が強調される。同じく黒い目を持ち「黒檀のような髪の毛」（六章）をなびかせるエドメは「ジプシー」（六章）を思わせ、「大胆さと自信」（七章）を併せ持つ。ユーステイシアと同様に確固とした自我を持つエドメは怒りをためらわずに表し、語り手は時に彼女を「高慢で横柄」（一〇章）と見なし、「高圧的で激しい気性」（二一章）を持つと結論づける。

ハーディは一八七六年後半から『帰郷』執筆に取り組んだが、この年は従来から持っていたサンドへの関心が高まった時期でもあった。レズリー・スティーヴンは同年五月一六日付の手紙で次のように助言する。[3]

私はとりわけジョルジュ・サンドの作品を読むことを強くお勧めします。彼女の田園にまつわる物語は私にとって完璧で、君の作品とある種、似通った所があるように思うのです。私が最近読んだのは『笛師の群れ』ですが（もしあなたがこの作品をご存知無いのであれば）ほとんど完璧な文学作品として君にお勧めします。(175)

さらに一八七六年のハーディとサンドの邂逅は別の角度からも指摘できる。フランク・R・ジョルダーノ・ジュニアは、ハーディが一八七六年六月一七日刊行の『サタデー・レヴュー』誌に掲載された「自殺の倫理」と題された記事に関心を寄せていたことを挙げて、本記事で示された異教の哲学と死後のユーステイシアが醸し出す静謐さには類似性がある(519)と述べるが、誌面上、この記事の直後に同年六月八日に没したサンドの追悼記事「解放された女性」が掲載されている。ヴィクトル・ユーゴーの言葉を引用しつつ保守的な同誌らしく性別二分法に依拠した内容にハーディが賛同したとは考えづらいが、かねてから敬愛する作家の追悼記事は『帰郷』に取り掛かろうとするハーディのサンド作品への回帰を強めただろう。ハーディとサンドの影響関係に関して、モーガンに加えてレナート・A・ビョークも、ハーディは『モープラ』のパシアンスが示す人道主義の思想に共感したと考えるが(271)、『帰郷』執筆の一八七六年がサンド死去の年に符合し、複数の接点を持ったことを考慮に入れると、エドメの表象もまたハーディのユーステイシアの造形に影響を与えたと考えられるだろう。

三

本節ではユーステイシアと深い関わりを持つトマシンとクリムの怒りを取り上げたい。トマシンの怒りに着目する際、顕著になるのはその不在である。『帰郷』の前半部は、トマシンの結婚が主要な出来事であり、苦難の末にワイルディーヴと所帯を持つ。当初、トマシンとワイルディーヴは教会で結婚予告をするが、ヨーブライト夫人の異議申立てにより、不成立となる。その後夫人が翻意し、再度結婚を計画するが、これも書類の不備で成立しない。トマシンは狼狽し、夫人も「私と私の家にとって大変な侮辱」（一部五章）と考え、必ず結婚しなければならないと決意する。そして夫人とトマシンは失意の日々を過ごした末、ようやく結婚が成就する。このような二回の不成立を経て、結婚に漕ぎつけたにもかかわらず、トマシンは夫の不実に激しい怒りを見せることはない。

「みんなね——みんな言ってるのよ。あなたが夕方よくオールダーワースへ出かけてるって、だから私は聞いたことを思い出したのよ——」

ワイルディーヴは怒りながら向きを変え、彼女の前に立ちはだかった。「さあ」と彼は空中に手を振り回しながら言った。「言えよ、奥さん！　君が何を聞いたか知りたいんだ」

（五部六章）

マージョリー・ガーソンは『帰郷』のユーステイシアとトマシンは共に父を欠き、その不在ゆえに痛ましい恋愛のディレンマに陥る(56)と述べるが、怒りの表出に関して二人は対照的な反応を見せる。本来、不誠実なふるまいで責められるべきワイルディーヴが怒りをあらわにしても、トマシンが反論することはない。彼女の結婚はハーディ作品で最も紆余曲折を経たものであるが、不誠実な夫に強い憤りを見せることはない。

続けてクリムの怒りに目を向けよう。クリムの感情を考える際、彼がある種の鈍さを持つことに留意しておきたい。学校開設の夢を抱きクリムは帰郷するものの、眼病を患う。しばしば象徴的な

去勢と見なされる (Howe 63; Stave 58; Garson 72) この病に対して、当然のことながらユーステイシアは衝撃を受け、熱望する生活が不可能となる事態に怯える。その一方、「彼は苦境に陥るが、歌を歌う」と題された四部二章でクリムは「深刻にはなったが、絶望はしなかった。静かな決意、そして陽気さすらが、彼を捉えた」と病を淡々と受け止める。さらに罹患後の彼に関して「不幸は彼の精神を征服することはなかった」と、また「彼女［ユーステイシア］にとって、事態は明らかな恐怖と言える終焉であった。しかしそれに対して、クリムが完全な悲嘆を感じている様子は伺えなかった」とさほど意に介さない姿を確認できる。社会的野心が希薄であるために、クリムは眼病を受け入れることができたと想定できる。しかし視力低下には生活上の不便もつきまとうことを考えると、彼の反応はいささか鈍感と言えるのではないか。またこの生来の鈍感さを素地として、クリムは他者に強い感情を抱き続けることもない。

夫人の死後、「完全な悔恨状態」に陥り、「痛烈な後悔の情」(五部一章) を抱くクリムは、確かにユーステイシアに激しい怒りを感じる。しかし五部三章で見せたユーステイシアへの怒りは、四章で彼女が家を去ると消え、再び彼が作中に登場する六章では、一転して彼女の帰りを待ちわびるようになる。憤怒から受容へと変わるこのクリムの感情の変化が詳細に説明されることはなく、対象が限定的な彼の怒りは持続性にも欠けることが分かる。しかしクリムやトマシンと異なり、ユーステシアは複雑な怒りの感情を保持する。

四

ユーステイシアは人びとだけでなく、エグドン社会に対しても鬱屈した思いを抱く。祖父ヴァイ大佐は自由を与える装置に過ぎず (Enstice 85)、彼女は深夜、気の向くままさまよい歩く。[4] しかしその自由は限定的であり、エグドン・ヒースでユーステイシアは「抑圧された状態」(一部六章) におかれ、「耐え難い圧力」(二部五章) を感じる。元来、バドマスから牢獄とみなすエグドンへの転居は祖父の意向によるものであった。「娘はこの引っ越しを憎悪した。自分が流罪にあったように感じた。しかしここに住まざるをえなかった」(一部七章) とあるように転居はユーステイシアにとって不本意なものであり、この地に住む人びとを厭う気持ちを明らかにする。例えば、クリムから学校開設の手伝いを頼まれた時には「そんなことしたいとは思いません。他の人たちが好きではないですし、時々は彼らをひどく憎むこともあります」(三部三章) と答えている。

そしてユーステイシアは、彼女にとって地獄に等しいエグドン社会に対して「くすぶった反逆心」と「悲しく抑圧された感情」(一部七章) を抱き、不満と怒りを感じる。しかし重要なことは、彼女は取り巻く環境に納得せず、憤りを募らせながら、同時にその規範を取り込んでいる点である。

アウトサイダーと見なされるユーステイシアに関して、ペニー・ブーメラはクリムと結婚しても彼女が共同体に同化することはなく、むしろクリムの周縁化を促す (53) と興味深い見解を示す。しかしユーステイシアは部外者であると同時に、共同体の、とりわけ上層の人びとが共有しているコンベンションを受け入れている。その様子を夫人との対面、クリムの眼病に対する態度、出奔時の心象風景から確認してみよう。夫人はクリムに贈る五〇ギニーが彼の手元に渡ったかを確認するため、実家に帰っていたユーステイシアとの面会に臨む。その際夫人は「ワイルディーヴから金銭を受け取っていないか」と尋ねるが、この質問をユーステイシアは彼との愛人関係を前提にしたものととらえ、侮蔑に感じ、次のような反応を示す。


「失礼なことをお尋ねしますけど——トマシンの夫から贈物をもらいましたか?」

「贈物ですって?」

「お金のことですよ!」

「何ですって——私が?」

「そう、あなたのことです、こっそりとね——こんな風に言いたくなかったんだけど」

「ワイルディーヴさんからお金をもらったですって? いいえ——とんでもない! 奥様、それはいったいどういう意味なんですか?」ユーステイシアはたちまち憤激した。(四部一章)

愛人と見なされたと考えるユーステイシアは夫人の質問を否定し、「なぜ、私とワイルディーヴさんとの間に何かあるとお考えになるのです?」と問いただす。さらに「今もお金ほしさにこっそり他の男に言いよる女と疑ってらっしゃる!」と詰め寄り、夫人は慌てて家の外でユーステイシアの名誉を汚す言動はしていないと抗弁する。帰宅後も彼女の苛立ちは収まらず、「私について不道徳な噂を立てることは絶対に許さない。（中略）ひどい屈辱よ！」とクリムに訴え、夫人の振る舞いを非難する。語り手は夫人との面会後の様子を「クリムは驚愕して見上げた。このような状態で近づいてくる彼女を決して見たことがなかった」（四部二章）と語るが、ここからも体面を汚されたと考えるユーステイシアの衝撃の大きさが分かる。さらに後日、この対面を思い出す際、ユーステイシアは「一生かけても取り除くことができない酷いこと」（四部四章）をされたと不満を表明し、夫人の死の直前の訪問時も「あの日、あの人は私に対してなんて酷いことを言ったのかしら！」と、受けた恥辱を忘れない。このようにユーステイシアは既婚夫人としての体面を重視しているが、彼女のこの意思を尊重し、ワイルディーヴが結婚後の面会方法について、次のように考えていることは重要である。

彼［ワイルディーヴ］は彼女と会うのだ。彼はクリムの不在を望んでいなかった。というのも彼に対する彼女の気持ちがどうであっても、ユーステイシアは妻としての自身の尊厳を傷つける状況を嫌悪するだろうからだ。（四部六章）

またクリムの眼病に対する態度からもユーステイシアがリスペクタビリティを重視していることが読み取れる。彼女が病に衝撃をうけるのは、パリでの生活が絶望的となるからであるが、同時にユーステイシアはハリエニシダ刈りの妻と見なされることに焦燥感を募らせる。この職種は彼女にとって「教養ある妻としての身分を傷つける職業」（四部二章）であった。そのため周囲からの憐れみの視線に想像を巡らせ、「結婚の泥沼にはまり込んで以来、上品な人たちはみんな私の元から去ってしまった」（五部三章）と望んだ生活を送ることができない現実に絶望する。以前から、ユーステイシアはワイルディーヴに「彼女［トマシン］の方があなたの身分に近い」（一部九章）と、また夫人に対しても「クリムの妻になったのは私にとっては身を落とすことだった」（四部一章）と主張するように、抜きがたい階級意識があった。共同体の部外者でありながら、地位にこだわるユーステイシアが、体面の毀損を気に病むのは次からも明らかである。

彼女の行く末を知ったバドマスの人びとが何と言うかと想像してみた。「どんな男性も自分にとって物足りないと考えていたあの娘を見てごらんよ！」ユーステイシアにとって、今の状況は彼女の願望を嘲るもののように思われた。そのため、天の皮肉がさらに進むなら、死だけが安息への唯一の入口のように思われた。

さらに「まったく望ましくない将来の姿や苦い失望が蘇り、ワイルディーヴの言葉から、隣人たちの抑えられた嘲り笑いを想像し、誇り高いユーステイシアは平静さを保つことができなかった」（四部三章）とも説明されている。夫婦関係が破綻に向かう中、クリムは共同体におけるユーステイシアの評判に言及し「みんなが悪くいう女に良い所なんてあるはずがないだろ！」（五部三章）と告げる。世間の目を重視する彼女にとって、この言葉は決定打となり、別離を決意する。

　そしてユーステイシアは一一月六日に死を迎えるが、ここから因習に対する相反する感情に由来する複雑な怒りと深い悲劇性が分かる。レインバロウに到着後、突如、ユーステイシアは独立して暮らすための経済基盤に欠けることを自覚する。ヴィクトリア朝の女性が置かれた状況を考えると土壇場でのこの認識は不可避であり、語り手も「魂の翼は彼女をとりまくすべてのものの残酷な妨害にあい、へし折られてしまった」とのしかかる社会の圧力を示す。その後、ユーステイシアは最期の言葉を口にする。

> 「行けるかしら、行けるかしら？」と彼女はうめいた。「あの人は私を差し出すほど《立派な》人ではない——望みは満たされない！……サウルやボナパルトのようであったら——あぁ！　でも彼のために、私の結婚の誓いを破ることはできない——それはあまりにも安直な快楽だ！……でも一人で行くためのお金もない！」（五部七章）

ここでクリムの元を去る意思が示されるが、同時に「結婚の誓いを破ることはできない」という発言から、誓いを尊重する態度も確認できる。[5] この言葉からユーステイシアは結婚制度の規範を受け入れていることが分かるが、他にもこのような例が認められる。ワイルディーヴは夫人の死の顛末を知り、窮地に陥るユースティシアに対して援助を申し出る。しかし彼女は断り、その理由として即座に「私たちはそれぞれ別の人とすでに結婚しているから」（五部五章）と告げていることは重要である。もしユースティシアが制度の枠組みから解放されているならば、親族から遺産を受け取ったワイルディーヴからの支援を活用して、厭い続けたエグドン・ヒースから脱出できたかもしれない。しかし結婚という制度の因習は内奥に忍び込み、それを可能にしない。そして死の直前、自らにふりかかる社会の圧力に対して、ユースティシアは憤りをあらわにする。

「私は素敵な女性になろうと何度も何度も努力してきたのに、なぜ運命は私に抵抗するの！　私が何をしたっていうの！」激しく反抗しながら、彼女は叫んだ。「ああこんな不完全な世界に私を投げ込むなんて、残酷ね！　私はいろいろできたはず、でも手に負えないものに傷つけられ、枯らされ、押し潰された！」（五部七章）

ユースティシアの二面性を論じるロバート・エヴァンズはこの発言を分析し、目指す素敵な女性は軽薄な上流階級の女性像に過ぎず、彼女は致命的に欠陥のある特質を持つ（256）と述べる。もちろん言動の浅はかさは否定できない。しかしこれまで見てきたように、ユースティシアはエグドン社会に憤ると同時に、その規範を内面化してしまっているため、抑圧する共同体を完全に否定することができない。最終的に、願望が打ち砕かれる中、彼女は因習の否定と無意識の受容という、相反する自身の感情を認識できないために混乱に陥り、陰惨な死を迎える。パトリシャ・インガムはユーステイシアの結末に関して、堕ちた女に頻繁にみられる溺死という運命に遭遇するものの、彼女は恥辱ではなく、憤怒からそれを選択する(137)と鋭く指摘する。さらにこのインガムの見解を敷衍して、ユーステイシアは怒りの対象とアンビバレントに向きあい、混沌とした状況下で死に至ると言える。憤りを感じる因習をただ否定するという単純な対立構造のもとで迎える死とは異なるその姿に、より深い悲劇性を見出すことは充分可能であろう。

五

『帰郷』は、キリスト教と異教の世界観の相克やクリムの帰郷、あるいは象徴としてのエグドン・ヒースなど様々な角度から論じられてきたが、本論考ではユーステイシアに着目し、その怒りについて考察した。冒頭、彼女は誰に対して憤りを感じるのか確認した後、作家として成長期にあったハーディが受けた影響関係をもとに、ユーステイシアの人物造形の由来を探った。またクリムとトマシンの同種の感情についても検討を行った。その後、分裂する自我を持つと見なされてきたユーステイシアは、鬱憤を募らせる社会に対しても反発と受容という、相反する態度を持つことを指摘し、その怒りは複雑な様相を呈し、悲劇的な死に至ることを示した。

モーガンは、ハーディは『はるか群衆を離れて』の執筆時、スティーヴンから助言をうけ、バスシバの怒りの表象に苦心したと述べ、ハーディのこの慎重な振る舞いは当時の人びとが女性の怒りに対して抱いた、次のような考えゆえになされたと語る。

女性の怒りはただただ不快で、愛らしいものではなく、ヴィクトリア朝の人びとにとって嫌悪の対象であった。それは下品で醜く、野蛮とされた。好意的に考えたとしても無礼で、レディにふさわしいものではなく、最悪の場合、心身の病的な障害と見なされた。(*Words* 200)

さらにモーガンは、シャーロット・ブロンテの怒りが前景化してしまっていると、芸術性の観点から『ジェイン・エア』(一八四七)を批判するヴァージニア・ウルフの評論を引用し、文学作品において女性の怒りが特段の注意をもって扱われてきた実態を明らかにする (*Words* 200)。

しかし本論で示したように『帰郷』においてハーディは憤りを募らせ続ける、新しい怒れるヒロインを作り出した。ハーディは作家として成熟するにつれて、『日陰者ジュード』におけるスー・ブライドヘッドの自己破滅に至る怒りを頂点として、女性の苛立ちを精緻に描くようになる。その過渡期にあった中期作のユーステイシアにも、前作のバスシバと比べてはるかに激しく、また複雑な怒りの有り様が示され、この点も『帰郷』の興味深い特徴と言えるだろう。

注

1　ハーディ自身、一八七七年に『テンプル・バー』誌の編集者ジョージ・ベントレーにあてた手紙で、『帰郷』を「『はるか群衆を離れて』の特色を持つ田園の生活を描いた物語」と定義し、前作との類似性を認めている (*Letters* 50)。

2　ジョルダーノは、このモウルの自殺が契機となり、ハーディは一八七〇年代を通して自殺のテーマに興味を持ち、また彼の自殺は『はるか群衆を離れて』のボールドウッド像に影響を与えた (506) と述べている。

3　ただしスティーヴンは、『帰郷』の冒頭部を読み、ワイルディーヴ、トマシン、ユーステイシアの三者の関係が家庭用雑誌にとって危険と判断し、出版に消極的な姿勢をみせた。この一件以降、スティーヴンとハーディの関係は距離を置いたものとなる。(Purdy 27; Slade 38)

4　妻なき後、痛飲して亡くなったユーステイシアの父と同様に、祖父にもアルコールに耽溺する傾向が強く認められる。ほとんどの場合、彼はアルコールを摂取した状態で作中に登場し、それゆえ祖父は保護者としての役割を果たしえない。

5　ユーステイシアは、本論で示した因習の部分的な信奉だけでなく複数の理由から、ワイルディーヴへの依存を拒む。例えばロバート・C・シュエクは妥協を許さない意思と自立を求める願いゆえに、ユーステイシアは彼への依存を拒否する (762) と結論づける。

引用文献

Blount, Paul G. *George Sand and the Victorian World*. Athens: U of Georgia P, 1979.

Boumelha, Penny. *Thomas Hardy and Women: Sexual Ideology and Narrative Form*. Brighton: Harvester, 1982.

Deen, Leonard W. "Heroism and Pathos in Hardy's *Return of the Native*." *Nineteenth-Century Fiction* 15.3 (1960):

207–19. *JSTOR*. 19 Aug. 2022.

Enstice, Andrew. *Thomas Hardy: Landscapes of the Mind*. London: Macmillan, 1979.

Evans, Robert. "The Other Eustacia." *NOVEL: A Forum on Fiction* 1.3 (1968): 251–59. *JSTOR*. 20 July 2022.

Garson, Marjorie. *Hardy's Fables of Integrity: Woman, Body, Text*. Oxford: Clarendon, 1991.

Giordano, Frank R., Jr. "Eustacia Vye's Suicide." *Texas Studies in Literature and Language* 22.4 (1980): 504–21. *JSTOR*. 23 Aug. 2022.

Hardy, Florence Emily. *The Life of Thomas Hardy 1840–1928*. London: Macmillan, 1962.

Hardy, Thomas. *The Collected Letters of Thomas Hardy*. Ed. Richard Little Purdy and Michael Millgate. Vol. 1. Oxford: Clarendon, 1978.

——. *The Complete Poems of Thomas Hardy*. Ed. James Gibson. London: Macmillan, 1976.

——. *The Literary Notebooks of Thomas Hardy*. Ed. Lennart A. Björk. Vol. 1. London: Macmillan, 1985.

——. *The Return of the Native*. 1878. Ed. Phillip Mallett. New York: Norton, 2006.

——. *Thomas Hardy's Personal Writings: Prefaces, Literary Opinions, Reminiscences*. Ed. Harold Orel. London: Macmillan, 1966.

Howe, Irving. *Thomas Hardy*. New York: Collier, 1973.

Ingham, Patricia. *Thomas Hardy*. Oxford: Oxford UP, 2003.

Lerner, Laurence and John Holmstrom. *Thomas Hardy and His Readers*. London: Bodley Head, 1968.

Maitland, Frederic William. *The Life and Letters of Leslie Stephen*. Bristol: Thoemmes, 1991.

Millgate, Michael. *Thomas Hardy: A Biography Revisited*. Oxford: Oxford UP, 2004.

Morgan, Rosemarie. *Women and Sexuality in the Novels of Thomas Hardy*. London: Routledge, 1991.

——. *Cancelled Words: Rediscovering Thomas Hardy*. London: Routledge, 1992.

Pinion, F. B. *Thomas Hardy: His Life and Friends*. Basingstoke: Macmillan, 1992.

Purdy, Richard Little. *Thomas Hardy: A Bibliographical Study*. Oxford: Clarendon, 1978.

Schweik, Robert C. "Theme, Character and Perspective in Hardy's *The Return of the Native*." *Philological Quarterly* 41 (1962): 757–67.

Slade, Tony. "Leslie Stephen and *Far from the Madding Crowd*." *Thomas Hardy Journal* 1.2 (May 1985): 31–40. *JSTOR*. 2 Aug. 2022.

Stave, Shirley A. *The Decline of the Goddess: Nature, Culture, and Women in Thomas Hardy's Fiction*. Westport, CT: Greenwood, 1995.

Stephen, Leslie. *Selected Letters of Leslie Stephen*. Ed. John W. Bicknell. Vol. 1. Columbus: Ohio State UP, 1996.

Weber, Carl J. *Hardy in America: A Study of Thomas Hardy and His American Readers*. New York: Russell, 1966.

Wotton, George. *Thomas Hardy: Towards a Materialist Criticism*. Goldenbridge, Ire.: Gill, 1985.

Wright, T. R. *Hardy and the Erotic*. Basingstoke: Macmillan, 1989.

サンド、ジョルジュ『モープラ――男を変えた至上の愛』、小倉和子訳、藤原書店、二〇〇五年。

第六章　ユースティシアと三人の男性

北脇　徳子

一

『帰郷』は、原始性を帯びたエグドン・ヒースを舞台に、六人の主要人物が繰り広げる物語である。クリム・ヨーブライトが故郷に帰ってくることによって、五人の人間関係が大きく変わり、最終的に、クリムの夢は実現できず、彼の母ヨーブライト夫人は、荒野で死に、彼の妻ユースティシアと彼女の元恋人デイモン・ワイルディーヴは堰の濁流に飲まれて溺死する。「後日物語」には、クリムの従妹トマシン・ヨーブライトとディゴリー・ヴェンの結婚が用意されてはいるものの、三人の人物が死に、主人公が巡回野外説教師として生き残るという、悲劇的な結末を迎えるのである。

この悲劇の原因は、クリムの帰郷であり、この作品の主人公は、もちろんクリムである。しかし、クリム以上に生彩を放ち、読者に共感と憐憫の情を呼び起こすのは、ヒロインのユースティシア・ヴァイではないだろうか。彼女はパリに住む夢をクリムに託して結婚するが、彼に母親殺しの罪を着せられて死ぬ。その悲劇的な死の原因は、彼女自身の性格にあるが、彼女を取り巻く不毛の原野と、そこに暮らす迷信深い村人たちが作り出す呪術的な世界が及ぼす影響も大きい。有史以前から存続するエグドン・ヒースは、孤独な異端者であり、狂暴な反逆者でもあり、悲劇の可能性を秘めている。そこは人間にとっては牢獄であり、「人間の自由に基づいた願望が、フラストレーションで砕かれ、人間の望みに無関心な、変えがたい法律が、看守に見守られないで実行される場所」(Dave 35) なのである。

エグドンのこの閉塞的な状況を最も嫌っているのは、ユーステイシアであり、彼女のエグドン脱出を助けようとするのは、彼女とよく似た性格とヒースに対して同じような心情を持つワイルディーヴである。ところが、彼女が崇拝するのは、征服王ウィリアムであり、ナポレオン・ボナパルトであって、ワイルディーヴでは力不足なのである。彼女が白羽の矢を立てたのは、パリ帰りのクリムであるが、彼は彼女のまったく目論見違いの人物であった。ワイルディーヴと結婚したトマシンの幸せを守るために、ユーステイシアに未練のあるワイルディーヴと彼女の行動を監視し、ユーステイシアの悲劇を誘発するヴェン。これら三人の男性とユーステイシアとの関係を軸にしてこの作品を論じ、彼女の悲劇の原因を解き明かしていきたい。

二

物語の冒頭では、遠くから眺めているヴェンの目を通して、ユーステイシアの姿が描かれる。レインバロウの頂上に一人佇む彼女の小さなシルエットが、ケルト人の一人かと見まがうほど、辺り一帯の風景に溶け込んでいると描写されている。次に、日夜一人でヒースをうろつく彼女の行動は、村人たちには不可解であり、脅威となって、彼女が魔女だという噂話がされる。さらに、彼女はオリュンポスの神話の女神の装いで、「夜の女王」（一部七章）として紹介される。

異国の血を引くユースティシアの、漆黒の髪、夜の神秘に満ちた異教徒的な目、タタール人的な威厳ある眉、古代ギリシア彫刻を思わせる唇の曲線は、天上界の女神にふさわしい素材である。この美しさも、もし彼女が故郷のバドマスに残っていればさほど目立たず、軍人に群がる大勢の浮気女の一人として、平凡な女性で終わっていたであろう。彼女にとって冥界に等しいエグドン・ヒースの孤独と暗闇が、彼女に女王然とした威厳を与えている。「ヒースが彼女を内面へと追いこみ、内部の性的なエネルギーを強めるが、彼女の情熱が表面に現れないように強いる。それによって、彼女は独自の威厳を与えられ、潜在的な悲劇のヒロインになる」(Gatrell 48) のである。領地も臣下も持たない、悲劇的な「夜の女王」としての見せかけをはぎ取ると、彼女は本質的には「芝居がかった振る舞いをする自分本位の人であり、道徳観念がなく、怠惰で、世間知らずで、そして感情的に不安定」(Irwin 122) な女性なのである。彼女の行動は、火と月と暗闇によって演出され、いつも持ち歩く望遠鏡と砂時計は彼女の小道具である。それらは遠い世界を夢見ながら、刹那的に生きる彼女の象徴である。ユースティシアの二面的な性格描写は、ハーディのロマンティックな熱望に対するアンビバレントな感情の表れであり、ハーディはユースティシアを完全に受け入れることも、拒絶することもできなかったのである。

J・B・ブレンはユーステイシアについて、「『ロマンティック』という言葉が彼女の人生、彼女の気質、そして彼女の考えにしばしば関連付けられている」(104) と指摘している。彼女の父は「ロマンティックな放浪者」（三部六章）であり、彼女の「豊かなロマンティックな唇」（一部一一章）は父親譲り、「彼女の視界には中間地点がなく」、「海辺の遊歩道の晴れた午後のロマンティックな思い出が、（中略）周囲のエグドンの黒い銘板に金文字のように浮かび上がっていた」（一部七章）。彼女は「迷信のロマンティックな殉教者」（三部二章）など、ブレンは多くの具体例を列挙して彼女のロマンティックな性格を裏付けている。

ユーステイシアとヒースとの関係も複雑である。彼女にとっては牢獄であるヒースの雰囲気が、彼女にしみこんでいて、ヒースのプロメテウス的な反逆心、人間に対するまったくの無関心、深い孤独感、エニシダ以外のものを産み出さない非生産性は、彼女の性格でもある。彼女はヒースとこのような親和性があり、「ヒースの分身である」(Butler 49) にもかかわらず、ヒースに敵意を抱いている。なぜ彼女はヒースを嫌うのであろうか。彼女は悲劇的な女王であると同時に、不本意にも罠にかかった鳥なのである。パリの社交界の花形になるという野心に燃え、「炎のような」（一部七章）魂を持った誇り高い女王は、ヒースを飛び出せば自由になれると信じている。彼女はその飛翔を阻むヒースを憎み、それに反逆する。反逆は何も肯定的な結果を生み出さない。人間が打ち砕かれるだけで、自然は依然として人間に冷淡なままである。ハーディは、ユーステイシアを、ヒースに対する親和性と敵意が同時に存在するという、重層的な内面を持つ人物に仕立て上げ、彼女の性格により深みと幅を持たせたのである。一人で果敢にも無益な闘いに挑む彼女の姿は、英雄的であり悲劇的である。

エグドンでは、コルフ島出身の父を持つユーステイシアは異質な存在である。その上、誰にも干渉されず欲望のままに行動する彼女の個人主義は、恐れられ、誤解され、彼女は物理的にも社会的にも孤立している。「非常に冷たいあさましいキスも飢饉の時の値段」であるエグドンで、彼女が望むのは、「気が狂うほど愛されること」であり、孤独感に苛まれる彼女の唯一の強壮剤は愛である。それも、「特定の恋人というより、情熱的な愛という抽象概念」(一部七章)である。彼女は男性に賛美され熱烈に愛されることが、「すばらしい女性」(五部七章)の証だと思っており、相手にどれだけ熱望されるかが自分の存在基準になっている。これは彼女の男性に対する極度の依存心の表れである。その彼女が当面の憂さを晴らしている恋人がワイルディーヴである。

ワイルディーヴはバドマスで事業に失敗した元技師で、エグドンでクワイエット・ウーマン・インという名の居酒屋を営んでいる。ここは他の人たちが苦労して開墾、改良した土地で、彼は「アメリゴ・ヴェスプッチのようにやって来て、先代の人たちに与えられるべき特権を受けた」(一部四章)のである。彼は自ら働かないで、他人の労働によってその報酬だけを得ている。「ワイルディーヴは絶えず根なし草で、義務に縛られないとして提示されている――必ずしも悪というのではないが、ネガティヴで非生産的であり、周囲の情況を動かそうとはしない」(Butler 47)。

ワイルディーヴの「女殺しの経歴」が表れている優雅な動作には、「女の嫌うところは何もなかった」（一部五章）。ユースティシアも、「清純で、性的経験のない乙女でもなく、一人の男性に法的にも感情的にも縛られていない」(Boumelha 53)。「遠くのものを好み、近くのものを嫌う」（三部六章）彼の性癖は、彼女の性格と同じである。「ワイルディーヴはユースティシアのダブルであるが（彼には彼女のような想像力がないので生彩がなく）」(Langbaum 97)、「彼女よりも劣っている男性の片割れである」(Fisher 97)。彼は彼女の操り人形のような人物なので、「ユースティシアの火に応じ、彼が彼女に放つ蛾の合図のように、彼女の炎の中で消滅させられるだけである」(Brooks 35)。

さらに、「ユースティシアとワイルディーヴの関係のいきさつは、わざと漠然としたままになっていて」、「ワイルディーヴが捨てたとかユースティシアが捨てたとかの問題は、折り合いをつけるのは不可能で、真実はその間のどこかにあるのだろう」(Dutta 46) が、二人の関係は、物語の始まる前から彼らが死ぬまで続いているのである。ワイルディーヴは彼女の挑発を拒めないし、ユースティシアも彼の誘惑に抗しきれない。この二人の腐れ縁が、彼らの破滅を招いた原因の一つである。

ワイルディーヴもユースティシアもバドマスからやってきたよそ者で、エグドンを忌み嫌っている。ユースティシアの脱出願望は切実であるが、ワイルディーヴはアメリカに駆け落ちしようと誘うだけである。彼は自分の事務的な手続きの過ちのために、トマシンとの結婚式を挙げられなかったのに、ユースティシアの誘惑に乗って、失意のトマシンを放置する不埒な男性である。ユースティシアに絶縁状を突き付けられて、やっと彼女への腹いせにトマシンと結婚する。彼は人生の重大局面に対して、周囲の状況や他人の意見に左右され、自分で責任は取らず、欲情に任せて行動するだけである。

「最初から最後まで、ユーステイシアは自己破滅的である」(Giordano 57)が、ワイルディーヴもそうである。ヨーブライト夫人は、クリスチャン・キャントルにクリムとトマシンに届けるようにと百ギニー渡す。自分を信用しない彼女への復讐心に燃えたワイルディーヴは、クリスチャンをうまく賭けで担ぎ、そのお金を全部奪ってしまう。それを見ていたヴェンは、暗闇のヒースで土ボタルの光を頼りに、ワイルディーヴに賭けを挑む。ワイルディーヴは神経質で興奮しやすく、亡霊のように現れたヒースクロッパーに心理的に追い詰められ、自暴自棄になって最後には負ける。彼の絶望からの無謀さは自己破滅の兆候である。この敗北の直後に、馬車で新居に向うユーステイシアとクリムの姿を見たワイルディーヴは、お金を失くしたことを忘れるほど、彼女を失った喪失感に打ちのめされ、再び彼女を求め始めるのである。

ユーステイシアとワイルディーヴの仲を疑っているヨーブライト夫人は、クリスチャンから事の顛末を聞くと、お金の半分をワイルディーヴがユーステイシアに渡したと誤解して、彼女を詰問する。濡れ衣を着せられた彼女は、義母と激しく口論し、二人は決裂する。ワイルディーヴの軽率な行動によって、事態は彼が考えもしなかった方向に発展し、ユーステイシアと義母との不和を決定的なものにするのである。

結婚後、クリムは学校を開くために読書に明け暮れ、眼病を患い、エニシダ刈りに活路を見出す。自分の性的魅力で、彼の計画を変えられると思っていたユーステイシアの期待はみごとに裏切られ、結婚前よりもさらに深い絶望感を味わう。一方、ワイルディーヴは彼女にロマンティックな空想を抱いて、夜中に彼女の周辺をうろつく。気晴らしを求めてヒースでのジプシー踊りに出かけたユーステイシアは、偶然出会ったワイルディーヴと、ダンスの輪の中に入る。クリムとの結婚生活に性的な満足を得られていない彼女は、「北極の寒冷」から、空想の世界の「光り輝く部屋」に逃げてきたような快感を覚える。ダンスは、彼らの「社会秩序の感覚を抗しがたく攻撃」(四部三章)し、彼女はそれに魅惑され、「性の解放」(Wotton 65) を経験するのである。彼らのダンスは、二人にとって「もっと特別な性的欲望の昇華」だけではなく、それは「忘却と死の儀式でもある」(Deen 124)。ダンスには彼らの来るべき死が暗示されているのである。

ヨーブライト夫人がオールダーワースのクリムの家のドアをノックしたのは、偶然にもワイルディーヴが、向こう見ずな訪問をした時と重なってしまう。窓の外を見て、それが自分を快く思っていない夫人だとわかると、仕事に疲れてぐっすり眠っているクリムと、中に入れたワイルディーヴの、二人に対する配慮に困惑し、ユーステイシアは決断力を失くしてしまう。「心理学的な見解によれば、ユーステイシアは避けられない状況の犠牲者である。ワイルディーヴのすぐ後に、自分を嫌っている義母が現れ、ユーステイシアは怯えたのである」(Langbaum 106)。義母に顔を見られているのに、彼女はドアを開けられない。追い詰められたユーステイシアはクリムの母を呼ぶ寝言を聞き、彼がドアを開けたのだと勘違いする。これがヨーブライト夫人を殺すという結果となる。この状況を生み出した張本人は、ワイルディーヴであり、「いつものように、彼は無能なカタストロフィの触発者の役割を演じている」(Deen 127)。

クリムに、ドアを開けなかった責任とワイルディーヴとの関係を糾弾されたユーステイシアは、一切弁明せずに家を出る。「クリムの妻としての地位は別として、彼女は何もせず、どこにも行かないので、まったくアイデンティティがない」(Morgan 81) のに、その妻の地位も否定されたら、どう生きていけばいいのだろうか。彼女には自殺か、あるいは、ワイルディーヴにエグドンから連れ出してもらうしか残された道はない。ピストル自殺をしようとして、チャーリーに咎められ、彼女はワイルディーヴとの約束の時間に、どしゃぶりの雨の中をレインバロウに佇む。「彼女の心の中の混沌と外の世界の混沌がこれほど完全に調和することはなかった」(五部七章)。その時、彼女は逃避行に必要なお金を持っていないことに気づく。ワイルディーヴは、クリムとの結婚の誓いを破り、情婦となるだけの価値のある英雄ではないので、ユーステイシアは究極的に彼にわが身を投げ出せない。「彼女は自分自身が高潔な人物だと想像していて、自分の一番大きい失敗は、人生の現実を受け止める能力がないということを理解できない」(Vigar 139) のである。自分に幻想を抱く彼女のロマンティックな性格が、現実認識を阻み、彼女を破滅に導く一因になっているのである。

誇り高いユーステイシアは、ワイルディーヴの援助を拒絶し、華やかな都会に行くという悲願を断念する。それは彼女にとって死を意味する。彼女が死を選ぶのである。彼女は天に対して激しく反抗し、自分の不当な運命を嘆き、狂おしく叫ぶ。

「ああ、こんな想像もできない世界に私を投げ込むなんて残酷だわ！　私にはたくさんのことができたのに、私の力の及ばないものに傷つけられ、くじかれ、潰された！　ああ、私は天に何もひどいことはしていないのに、私にこんな苦しみを考えつくなんて、天はなんて厳しいの！」（五部七章）

「ユーステイシアは、最期にプロメテウス的な反抗を爆発させて、天の残酷さからの解放を経験する」(Giordano 75)。彼女は自分のやり方で自分の好きな時に死ぬ自由を得て救われたのであり、最後の野心である死ぬことを成就する。皮肉にも、「彼女の威厳のある容貌」が「芸術的に幸せな背景」（五部九章）を見つけたのは、死の床なのである。

エグドンのシャドウォーターの堰に落ちたユーステイシアを助けようと、ワイルディーヴも堰に飛び込み、激流に飲まれて彼女と共に溺死する。彼は自らの命を顧みず、無欲の恋人として命を落とす。彼の死は「彼が生前には持っていなかったある種の威厳」(Deen 121) を作者によって与えられる。ワイルディーヴはその死によってやっと評価されるのである。

三

クリムは「放縦と虚栄心の特別な象徴」（三部一章）であるダイヤモンドの商売を辞めて、村人たちに「富ではなく英知をもたらす知識」を授ける学校を開こうと、生まれ故郷に戻ってくる。彼の「階級を犠牲にして個人を高めるよりも、個人を犠牲にして階級を高める」(三部二章) という考え方は、「当時のフランスの倫理体系と関係があり、話題性があり、確かに、進歩的なものとして紹介されている」(Boumelha 49)。彼はパリで進歩思想を学び、それを実践するために帰郷したのである。しかし、「この比較的進歩した位置にいる結果、彼は不幸だったと言えるかもしれない。田舎の世界は彼を受け入れるほど成熟していなかった」(三部二章) と作者は説明している。貧しい村人たちに実際に必要なものは、物質的な豊かさであって、教養や知識などではない。「知性の進歩は、経済的な進歩の後に続くものである」(Langbaum 97) のに、彼はそれを認識できない。

クリムが当時の思想家たちに決して引けを取らないほど近代思想を身につけていることは述べられているが、彼が実際にどんな本を読んでいるのかは知らされない。彼の教育理論の本質を示す具体的な考えもわからないので、「それが彼の性格を動かす強烈な力であるとは決して思えない」(Sumner 107)。ヒースの住民たちを改革したいという彼の理想が具体的に述べられたのは、ユーステイシアが魔女扱いされて、スーザン・ナンサッチに編み針で腕を刺された時だけである。それ以外には、行動にも思考にも彼の近代性を見ることができない。「クリムの近代性は、物語の周辺にあって、理論的で抽象的な状態でとどまっているのである」(Sumner 108)。

パリで近代思想の洗礼を受けたクリムは、同時にヒースの申し子、すなわち「そこの景色、神髄、香気がしみこんでいて、それの産物と言ってもよかった」(三部二章) と紹介される。ブルース・

ジョンソンは「彼はヒースの本当の子どもであるが（中略）、それにもかかわらず、この小説において、彼はまたハーディの、全ての近代的なものの象徴である」として、次のように説明する。パラドックスは、クリムのような近代的な人間が、古代から存続しているヒースのまさに子どもであるということである。彼の近代性と彼のヒースの子どもとしてのアイデンティティが、ハーディの心の中では、酷似していて、「非常に驚くべき意味において、クリムのヒースとその意味の深い知識が、彼の近代性を構成している雑多な知識を《確認する》のに役立っている」(120) のである。「険しい様子のエグドン」は、「軽んじられても、辛抱強く」（一部一章）禁欲的に生き残ってきた。ヒースの本質と彼の近代性、言い換えれば、彼の新しい哲学は同じである。すなわち「放縦ではなく自己放棄、贅沢ではなく質素、よりよいものを求めてそこから逃れる野心ではなく、その状況に満足すること、不屈の精神と忍耐は彼の新しい哲学の本質的な美徳なのである」(Dave 48)。

クリムの心に内在するこの近代性を、ユーステイシアは見抜けない。彼女は、「人柄に関わりなく、彼女の想像力が創り出した役割の格好の候補者として」(Johnson 117)、彼を選び、暗闇で声を聞き、夢に現れた幻に恋して、仮面劇でトルコの騎士に扮して近づき、彼を射止めるからである。彼女がクリムに望む一番重要な役割は、パリへの輸送手段なのである。一方、「彼は全てをユーステイシアの世界に対する認識を変えられることに賭けて」結婚を決意するが、彼の精神性とはまったく正反対の彼女の強い熱情を前にすると、所詮、それは「クリムが敗北する賭け」(Wotton 116) なのである。

結婚後、クリムは彼女との不調和を認識している。知的な精神主義者の彼は、情熱も性的欲望もある彼女の原始性を受け入れるほど、性的に成熟していないのである。彼女の放つ最初の眩い光も急速に消え、彼は彼女を知らなければよかったとさえ思っている。そして、彼女の夢と、それとはまったく相容れない自分の願望の板挟みになって葛藤する。彼は彼女の願いに背を向けて、ますます自分だけの世界に没頭して本ばかり読む。その結果、眼病を患い、視力が損なわれる。「彼の大幅に減少した視力は、ユーステイシアに性的関係を拒んでいることを象徴しているように思われる」(Langbaum 105)。クリムは、自分の計画が眼病のために挫折すると、エニシダ刈りとなり、妻の願いからも自分自身の願望からも解放される。彼は「黄緑のハリエニシダの一帯の真ん中の褐色の点」(四部二章)となってヒースに溶け込む。彼の欲求は自分の生まれた世界に戻り、そこに生きることである。彼はようやくヒースの原野に自分の居場所を見つけるのである。ところが、彼女が創りあげた理想像からかけ離れた労働者のクリムの姿は、彼女にとっては「堕ちた偶像」(Wotton 116)に過ぎない。夫に対する深い失望感を抱きながら、一人で悶々と家で過ごす彼女の深い孤独を、彼は理解しようとしない。

クリムの帰郷のもっと深い動機は、「彼の母とエグドン・ヒースと呼ばれる力強い母なる存在との再会」(Casagrande 126)である。クリムはヨーブライト夫人と「同じ一つの体の右手と左手」(三部三章)である。息子と母は互いに完全に理解し合い、息子は母の融通のきかない性格を受け継いでいる。彼は彼女の価値観の圧倒的な影響下にあり、彼女に盲目的に忠実である。この母と息子の不和の原因となるのはユーステイシアである。彼は、ユーステイシアを魔女で淫らな女だとみなし、二人の結婚を認めない母の家を出る。このクリムの母との離別が、母の死、さらに妻とワイルディーヴの死、ひいては彼自身の深い悲嘆と悔恨を招くことになる。

クリスチャンに託したお金の件で、母と妻とが激しく口論した話を聞いたクリムは、母の誤解を解き、二人の仲を修復する手立てをしない。もし彼が母と和解していれば、ヨーブライト夫人も暑い最中に彼の家を訪れることはなかった。彼は妻の家出の後も、自ら彼女の元へ出向こうとはしない。「悲劇は、クリムが、彼の母と、後に彼の妻と和解しようとする気持ちを行動に移すのが遅いために引き起こされるのである」(Langbaum 105)。母や妻との不和を解決するための努力を怠るクリムは、行動力も情熱もない人間である。自分を犠牲にして他人のために尽くすという彼の信念は、理想主義の絵空事に過ぎない。

ヨーブライト夫人の死後、精神の均衡がとれていないクリムは、激しい自責の念に駆られて、精神に破綻をきたす。母の「息子に捨てられて、悲嘆にくれた女」(四部六章)という最期の不可解な言葉の謎の究明をする彼の姿はオイディプスにたとえられている。彼は母の死に対する罪意識と痛恨の思いに耐えかね、ユーステイシアを弾劾し、彼女に母親殺しの罪を着せて、その激しい感情をすり替えようとする。これは、彼の強い自己保存本能の表れである。クリムは決して認めないが、母の訪問時に、彼も家にいて、「恐ろしい夢」(四部七章)の中でノックの音を聞いて、「お母さん」と呟いたのである。「深い心理学的な意味では、(中略)ドアを開けなかったのはクリムなのである」

(Langbaum 107)。

クリムは、巡回野外説教師となってヒースに残る。精神を病んだ彼がセラピー代わりに選んだ仕事である。彼が人々に温かく迎え入れられたのは、「哲学の信条や体系から離れた」（六部四章）彼の教えではなく、彼の身の上が広く知れ渡っていたからである。彼の理想主義は彼の母と妻の命を奪いながらも、彼の帰郷の目的は結局成し遂げられなかったのである。

四

ベンガラ売りのディゴリー・ヴェンの全身緋色の姿は、「メフィストフェレスのような来訪者」であり、村人は彼を悪魔だとみなしている。血のような赤は「カインの刻印」（一部九章）である。彼はヒースを知りつくし、登場人物の中で、彼だけが自由にヒースを出入りしている。彼はトマシンへの報われぬ愛のために、ベンガラ売りに身を落として、孤独な放浪生活をしているのである。彼にはヒースに成り代わって「地域社会内の秩序を回復する有益な代理人」(Morgan 66) としての役割が与えられている。彼は周囲の状況を観察し、専ら迅速な行動によって、彼が誠実な愛を捧げるトマシンのために働く。彼はユーステイシアがトマシンとワイルディーヴの結婚の障壁であることを知ると、ユーステイシアに対峙して彼女を追い出そうとするが、彼の計画は逆にユーステイシアの恋心をかきたてることになる。クリムの出現で情勢が変わると、ヴェンは彼女の別れの手紙をワイルディーヴに届ける使者になる。その結果、トマシンとワイルディーヴの結婚が決定するが、これが二人の不幸、さらにはユーステイシアとクリムの不幸の始まりになる。

　ワイルディーヴが、夜にユーステイシアの周囲をうろつき始めると、ヴェンは彼を威嚇発砲し、それが彼の昼間の訪問に繋がる。ヴェンがヨーブライト夫人に息子夫婦と和解するように助言した結果、夫人が遠出をしてヒースで死ぬことになる。ワイルディーヴとの賭けで、ヴェンは「運命の超自然の執行官の次元まで」(Brooks 36) 引き上げられるが、彼がギニーの半分はクリムに行くことを知らなかったために、新たな最悪の状況を引き起こす。ヴェンのせっかくの善行が、嫁と義母との決裂の直接的な原因になるのである。

　ヴェンは、ユーステイシアの性格を交渉相手として冷静に計算するが、彼女の魅力にまったく無頓着である。「ユーステイシアの美しさには、ある種のわからないところがあった。それで、ヴェンの目は訓練されていなかったのである」(一部一〇章)。「ベンガラ売りは情事全体にただ一人かかわりのない人物であり、すべての関係者に、トマシンにさえも冷ややかに使われている」(Johnson 119)。

　ヴェンは、ユーステイシアとワイルディーヴの情事に冷酷に介入する。彼は、ワイルディーヴを家庭の幸せを壊す浮気な夫で、ユーステイシアを「共謀者」であると見なしている。彼は二人の密会を監視し、泥炭でカモフラージュすると、ヒースと一体となって彼らの近くまで進み、二人の会話を盗み聞きする。ヴェンは、「自分が承認しない彼女の行動を見破るために、執拗に彼女の跡をつける密かなストーカー」(Morgan 67) であり、ワイルディーヴに手荒な嫌がらせをする悪漢である。ヴェンの動機は善であっても、彼の行動は悪意に満ちている。彼の中には、善と悪が共存しているのである。

ヴェンはゲイブリエル・オウクの継承者であるが、メフィストフェレス的な悪魔でもある。「彼の利他的な、明らかに正しい巧みな操作が、皮肉にも、悲惨な結果を生み出している」からである。しかしながら、重要なことは、ヴェンが「賢明に行動しようとするいかなる試みの無意味さ、行動と結果の不釣り合いを信じるハーディの生き生きとした化身」(Springer 103) だということである。彼は私利私欲なく、トマシンのために行動するが、彼が何らかの行動を取ると、必ず事態が悪化して、もっと深刻な悲劇を誘発することになる。その理由は、彼は「人間の声というより、ヒースの声」(Enstice 86) を発するヒースの代弁者であり、主要人物としてというよりもむしろ「他の人々が巻き込まれていくできごとの誘因」(Enstice 87) として描かれているからである。ヒースは人間の営みには冷淡で無関心であり、悲劇の可能性を秘めた存在である。ヴェンがそのヒースの使者であるならば、彼がユーステイシアの悲劇の誘発者となるのは必定である。

五

ハーディの数多くの作品の中でも、ユーステイシアほど悲劇的な人物はいないであろう。彼女は、先ず何よりも自分自身の性格の犠牲者である。彼女はロマンティックな性格を与えられ、自分に幻想を抱いており、怠惰で道徳観念のない、わがままなエゴイストであり、華やかな社交界に憧れる享楽的な女性であり、日夜ヒ！スを一人でさまよい歩く孤独な社会の逸脱者である。コケティッシュで、男性に愛されることにしか自己の存在意味を見出せない女性に、ハーディはヒースの属性を加えて、彼女を悲劇的なヒロインに創り上げた。彼女は、ヒースと密かに同盟を結んでいるかのように、ヒースと同じく原始的、反逆的、異端的である。ヒースによって威厳を与えられた女王であるが、同時にヒースの囚われ人なのである。自由を求めて飛び立とうとする彼女は、その飛翔を阻むヒースを憎み、果敢にも反逆を挑む。「彼女は、不可避の限界に対して反抗する感情と無限の欲求を表象しており、したがって、小説のきわめて悲劇的な人物なのである」(Deen 122)。彼女のヒースに対する反逆は、無益な自然との闘いであるが故に悲劇的である。

ユーステイシアは、ハーディのほとんど全てのヒロインがそうであるように、男性に依存しながら生きていく女性であるために、恋人と夫が彼女の人生に密接に絡み合ってくる。彼女は、ワイルディーヴの軽率な行動に翻弄され、クリムの近代性とオイディプス・コンプレックスの犠牲になり、さらにヒースの代弁者ヴェンの行動によって悪化した事態に巻き込まれ、破滅するのである。ハーディは、ヒースの反逆者として生きたユーステイシアの死に顔に、幸せな安らぎと威厳を与えている。

『帰郷』は、無知蒙昧な村人たちに知識を授ける学校を開くという理想を持って帰郷してきたクリムが、その夢も挫折し、妻と母を亡くして、卑小な巡回野外説教師としてヒースに生き残る物語である。しかし、この彼の物語よりもはるかに我々の心を打つのは、エグドン・ヒース脱出の夢が叶えられずに死んでいくユースティシアの悲劇である。

引用文献

Boumelha, Penny. *Thomas Hardy and Women: Sexual Ideology and Narrative Form*. Brighton: Harvester, 1982.

Brooks, Jean R. "*The Return of the Native*: A Novel of Environment." *Thomas Hardy's* The Return of the Native. Ed. Harold Bloom. New York: Chelsea, 1987. 21–38.

Bullen, J. B. *The Expressive Eye: Fiction and Perception in the Work of Thomas Hardy*. Oxford: Clarendon, 1986.

Butler, Lance St John. *Thomas Hardy*. Cambridge: Cambridge UP, 1980.

Casagrande, Peter J. *Unity in Hardy's Novels: 'Repetitive Symmetries.'* London: Macmillan, 1985.

Dave, Jagdish Chandra. *The Human Predicament in Hardy's Novels*. London: Macmillan, 1985.

Deen, Leonard W. "Heroism and Pathos in *The Return of the Native*." *Thomas Hardy: The Tragic Novels*. Ed. R. P. Draper. London: Macmillan, 1986. 119–32.

Dutta, Shanta. *Ambivalence in Hardy: A Study of his Attitude to Women*. London: Macmillan, 2000.

Enstice, Andrew. *Thomas Hardy: Landscapes of the Mind*. London: Macmillan, 1986.

Fisher, Joe. *The Hidden Hardy*. London: Macmillan, 1992.

Gatrell, Simon. *Thomas Hardy and the Proper Study of Mankind*. London: Macmillan, 1993.

Giordano, Frank R., Jr. *"I'd Have My Life Unbe": Thomas Hardy's Self-destructive Characters*. Alabama: U of Alabama P, 1984.
Hardy, Thomas. *The Return of the Native*. 1878. London: Macmillan, 1974.
Irwin, Michael. *Reading Hardy's Landscapes*. London: Macmillan, 2000.
Johnson, Bruce. "Pastoralism and Modernity." *Thomas Hardy's* The Return of the Native. Ed. Harold Bloom. New York: Chelsea, 1987. 111–36.
Langbaum, Robert. *Thomas Hardy in Our Time*. London: Macmillan, 1995.
Morgan, Rosemarie. *Women and Sexuality: In the Novels of Thomas Hardy*. New York: Routledge, 1988.
Springer, Marlene. *Hardy's Use of Allusion*. London: Macmillan, 1983.
Sumner, Rosemary. *Thomas Hardy: Psychological Novelist*. London: Macmillan, 1981.
Vigar, Penelope. *The Novels of Thomas Hardy: Illusion and Reality*. London: Athlone, 1974.
Wotton, George. *Thomas Hardy: Towards a Materialist Criticism*. Goldenbridge, Ire.: Gill, 1985.

第七章　『帰郷』における村人の発言について
――ゴシップを中心に――

橋本　史帆

一

トマス・ハーディの小説で目につくものと言えば、貧しく文字も書けない人々が四方山話に花を咲かせ、お喋りに興じる場面だろう。彼らはあれこれ話をすることでお互いへの理解と友好を深めていく。ところが、この他愛のないお喋りが時に人々を攻撃することもある。その好例としてゴシップを挙げることができる。『ダーバヴィル家のテス』では、テスの故郷マーロット村の人々が、テスとアレックとの間に起きたことを話題にして盛り上がり、これを耳にしたテスは心を痛めることになる。

同作品における流言 (rumour) の役割を分析したダニエル・ウィリアムズは、ハーディがゴシップの力学を十分に認識していたと論じているが (97)、この指摘は『帰郷』にも当てはまりそうだ。エグドンに暮らすユーステイシアの人生を破滅させる要因は様々だが、その中の一つとしてサラ・A・モルトンは、エグドンに住む村人による観察と発言が彼女の人生に深く関わっているとしている（"Woman" 147）。モルトンの論は主にユーステイシアへの影響に着目しているが、この問題をさらに追及すると、村人の発言、特に彼らのゴシップはユーステイシアだけでなく他の住民の人生も左右していると思われる。

『帰郷』が執筆されたのはハーディが『はるか群衆を離れて』の成功によって新進作家の地位を得た時期だ。妻エマとスターミンスター・ニュートンで穏やかな暮らしを送りながらも、有望作家として世間の注目を浴びたハーディは文学界の噂の的であったにちがいない。また、ハーディが故郷の村で近所の人々から昔話や伝承を聞いて育ったこと、さらに作家という彼の職業を考慮すると、人々が発する言葉の力を作家は十分に認識していたはずだ。すると、ハーディが登場人物の人生を決定する装置に人々の発言を利用することは驚くべきことではない。

本稿では、エグドンに住む下層の住民を村人と表し、彼らの発言についてゴシップを中心に検討する。村人よりも身分の高い住民と話す行為の関係性を考察しながら、村人の言葉が彼らに与える影響を探る。この分析を通じて、上層の住民が抱えるコミュニケーションの問題に迫ると共に、村人の発言が果たす役割を明らかにし、エグドンがいかなる社会か解明していく。

二

エグドンの村人は、エグドンで起こる出来事や住民について様々なお喋りをする。一部三章では、ブラックバロウの篝火の前で歌い踊る村人が、裕福な小農場主の未亡人であるヨーブライト夫人の姪トマシンとデイモンについて話したり、お互いをからかい合って時間を過ごしている。一部五章に入ると、村人はワイルディーヴが経営する居酒屋クワイエット・ウーマン・インに集まって世間話を始め、今は亡きヨーブライト氏の楽器演奏の見事さを懐かしむ。村人の話は気ままで、どこに向かうか分からないが、彼らは会話をすることで意思疎通を図り、感情的に結びついていく。村人は流動的で多様性に満ちた話し言葉の世界に身を委ねている。

このように、お喋りに花を咲かせる村人は観客に劇の状況を教えるコロスのようであるが、彼らの会話には穏やかならぬゴシップも含まれている。そこで、ゴシップがどのようなものか述べ、その後、作中のゴシップを考察していく。

太田愛之によれば、ゴシップは口頭による情報伝達の中でもプリミティブなものとされている（三一二）。ゴシップとそうではない話の違いについて、ウルフ・ハネルツは同じ情報でも誰がその情報を誰に伝えるかで分かれるとしており、例えば、ソーシャルワーカー同士がある女性の非嫡出子の赤ん坊を話題にしたらゴシップにはならないが、女性の近所でその話が出ればそれはゴシップになるという(36)。次にゴシップの中身だが、パトリシア・マイヤー・スパックスによると、それは大主にプライベートな空間で数人の人々が言及する不在者についての話であるが、時にゴシップは大きな集団の中で交わされることもあり、その内容は真実であるものとそうでないものや、悪意のあるものとそうでないものがある (4)。さらに、ゴシップは流言とも異なる。『オックスフォード英語辞典』では、ゴシップは「つまらない、あるいは根拠のない流言」とされており、両者の見分けはつきにくい。しかし、ラルフ・L・ロスノウとゲイリー・アラン・ファインは、ゴシップと流言との間に決定的な違いがあると述べている(4)。両氏によると、ゴシップの土台は事実であったり、そうでないこともあり、それ自体は個人の私的な問題を扱うお喋りであるが、流言は立証されないし、反駁もされない情報で、重大な、あるいは大規模な事件や問題を取り上げるとしている(4, 11)。

では次に、エグドンの村人がゴシップを交わす場面に目を向ける。一部三章では、村人がワイルディーヴとトマシンの不在中、ワイルディーヴがエンジニアの仕事を辞めて居酒屋の経営者になったこと、ヨーブライト夫人に反対されて結婚できなかったワイルディーヴとトマシンが、再度結婚するために出かけて行ったことを話している。村人は仲間内で彼らの身に実際に起こった私的な問題に触れ、ゴシップを交わしているのである。このゴシップで目につくのは、恋人たちへの辛辣なコメントである。ある村人はワイルディーヴについて、「学問はあいつにはまるきり役に立たなかったのさ」と言って、エンジニアとしての技量を発揮させることなく、地位を落として居酒屋の経営者となった彼の不甲斐なさに呆れている。また、村人の一人はそのようなワイルディーヴと結婚しようとするトマシンについて、「家のある若い娘があんな男と所帯を持つなんて馬鹿にちがいない」と評している。

二部一章にも、村人がゴシップを交わす場面がある。村人はエニシダをまとめる作業をしながら、その場にいないトマシンについて話し出し、彼女が書類の不備から二度目の結婚に失敗したという私的な話題に触れる。注目したいのは村人の一人が彼女に同情しつつも、「男にたぶらかされた親戚がいるとなると、困っちまうよ」と述べている点だ。村人はワイルディーヴを女たらし、トマシンを男に騙された女性と見做し、彼女の状況を不名誉なものと考えているのである。

少し戻って一部五章では、二度目の結婚に失敗したトマシンが居酒屋に戻ってくる場面が描かれている。彼女はワイルディーヴに向かって、「あなたを嫌う人たちは、時々あなたのことを疑わせるようなことを囁いているわ」と指摘。彼もまた、村人が自分を「青い悪魔」と呼んでいると答える。ここからは、ワイルディーヴに対して悪意のこもったゴシップが村人の間で広まっていることが分かる。

では、このようなゴシップが村人の間で交わされる原因はどこにあるのだろう。ゴシップのメカニズムを分析したレベッカ・バーチ・スターリングは、ゴシップには心理的動機があり、その一つに間接的な敵意や攻撃性が転移したものがあると解説している（264–65）。既述したように、村人は居酒屋の経営者へと地位を落とした挙句、良家の娘と結婚をしようとするワイルディーヴに不快感を示している。村人はまた、トマシンがそのような男と結婚することに驚き、二人の結婚に難色を示す一方で、彼女が滞りなく結婚できなかったことにも不満を漏らしている。村人は恋人たちに不信感を抱いており、よってワイルディーヴは「青い悪魔」と呼ばれ、若いカップルに対する手厳しいゴシップが生み出されたと言える。

さらに、村人の不満が明らかにすることとは、彼らが上層の住民の振舞いに目を光らせ、特に女性は体裁を保ち、家庭を持つべきだと考えている点だ。川上善郎他は、ゴシップには集団の社会規範を形成する働きがあると説明している（五〇）。これに依拠すれば、村人はゴシップによって階級とリスペクタビリティ、そして伝統的女性観を重視する価値規範を作り出しているのである。村人にとって会話は仲間同士の意思疎通を図るツールであるが、特にゴシップは彼らの規範作りの基となり、村人の話し言葉の世界を構成するものとなっているのだ。

こうして村人は、ゴシップを通じて彼らの規範から逸脱したトマシンを取り締まっていく。再び一部五章に目を向けると、結婚に失敗し、居酒屋に身を潜めていたトマシンは、男女の結婚を祝う歌を歌いながらやって来た村人の騒ぎをスキミティ・ライディングだと勘違いする。スキミティ・ライディングの形態は時代や地域によって異なるが、一般的にそれは楽器や鍋などを叩きながら標的を見せしめに練り歩く習俗儀礼である。目的は様々であるが、主に男女の不義を地域の人々の手で罰することが多く、それ自体、共同体の価値規範から外れたものを制裁する民衆によるリンチの一種であった。このように、スキミティ・ライディングは鳴り物を伴奏に練り歩くという行動様式であるが、エドワード・P・トンプソンがそれを「魔術的次元の敵対行為」(9)と呼ぶように、その儀式にはウイッチクラフト的な要素が見られる。ウイッチクラフトには肯定的なものと否定的なものがあり、後者には人を苦しめたり、殺すために呪文をかける行為がある (Guiley 325, 378)。スターリングは否定的な意味でのウイッチクラフトが人々の不満や敵意のはけ口として使われていたが、白人の文明社会の流入を受けたソロモン諸島周辺では、ウイッチクラフトがゴシップに取って代わられたと指摘している(262–63)。先述したように、ゴシップには悪意がないものもあるが、その起源をウイッチクラフトに辿れるのであれば、ゴシップは場合によって人々を懲らしめたり、抹殺したりするために唱えられる呪文のようなものだと考えられる。すると、ウイッチクラフト的要素を含むスキミティ・ライディングもまた、呪文のような働きをするゴシップと似たものと言える。

もちろん、村人はスキミティ・ライディングを行っているわけでもなければ、トマシンの結婚が失敗に終わったことも知らない。しかし、彼らの騒ぎをそれと勘違いしたトマシンにとって、騒ぎはスキミティ・ライディングであったのであり、それは結婚に失敗した彼女を懲らしめる呪文のようなゴシップでもあったのだ。この事件の最中、トマシンは恥ずかしさのあまり居酒屋を抜け出す。そして、二度結婚に失敗した自分が嘲笑の的になっていることを悲しみ、次はなんとかしてワイルディーヴとの結婚を成功させる。村人の様子を敏感に感じ取って行動するトマシンは、村人のゴシップによって彼らの価値規範を内面化しているのだ。換言すれば、村人はゴシップという呪文を唱えてトマシンの行動を規制し、罰している。その意味で、村人は性別を超えた魔女のような役目を果たしていると言えよう。

三

次に、村人とその他の上層の住民との関係性をコミュニケーションの問題と絡めて検討していく。

ヨーブライト夫人は村人のゴシップを共有、拡散しながらも、ゴシップの支配下に置かれている。例えば、トマシンとワイルディーヴのスキャンダルに関するゴシップを耳にした夫人は、「私は恥ずかしくって、人の顔も見られなかった」（二部八章）と嘆いている。スパックスがゴシップを「社会的統制を行う装置」(x) と指摘するように、ヨーブライト夫人もトマシン同様に、村人から良家の子女の伯母としてふさわしい行動を取るよう求められているのだ。村人のゴシップは、彼らの価値規範に従うようヨーブライト夫人に唱えられた呪文のようなものなのである。

さらに、モルトンがヨーブライト夫人を「けんか腰の、遠慮のない女性」("Words" 142) と評するように、夫人の発言は高圧的で、彼女と周囲の人々との間に不協和音をもたらす。ワイルディーヴを気に入らない夫人は、大勢の前でトマシンとワイルディーヴの結婚予告に異議申し立てを行い、結婚を破談にする。次に、彼女はパリから戻ってきた息子のクリムがパリに戻らず故郷で学校経営するという計画を聞いて、それを「空中楼閣」（三部三章）だと切り捨てる。そして、彼がユーステイシアとの結婚を打ち明けた際は、彼女を「怠け者で不満屋である」（三部三章）と批判し、クリムに腹を立てる。ヨーブライト家を守る夫人の威圧的な物言いは、家族のあり方に命令を下す当時の男性家長のそれと似通っている。夫人の言葉は彼女が男性の領域に属しており、村人の女性観とは合わない人物であることを明示している。

クリムの場合、彼はかつてヒースと一体化した少年として村人の記憶に刻まれていた。しかし、故郷を去ってパリに向かったクリムは帰国すると、パリで獲得した知識を基にエグドンの住民に教育を与えようとする。知性を備えたクリムは一見すると書き言葉の世界にいるように思われるが、農村の実情を無視した彼の教育方針はその無知を曝け出している。かと言って、クリムは村人のような話し言葉の世界の人間ではない。それはクリムが会話を成立させることができない場面に表れている。

三部二章で、村人サムが編み棒で刺されたユーステイシアの話を持ち出した時、彼女に関心を持ったクリムはサムに、彼女が子供を教えるのが好きか尋ねる。サムはそう思わないと答えるが、その後、ユーステイシアと対面したクリムはよく知りもしない彼女が学校経営に適しており、彼の希望に沿う妻になるはずだと考える。クリムはサムの言葉を正確に理解していないのだ。これと似たような現象はヨーブライト夫人との間でも起きている。クリムが夫人とユーステイシアとの将来について話す三部三章で、クリムはユーステイシアとの結婚や学校経営の計画に激怒する夫人に対し、弁解するどころか沈黙してしまう。クリムには言葉を介して物事を理解したり、意思疎通を図る能力が欠如しているのだ。ここに、言葉を交わして通じ合う村人とクリムとの間にある溝を見出すことができる。

エグドンの村人の間で最も拡散しているゴシップと言えば、ユーステイシアについてのものがある。一部五章で、居酒屋に集まっていた村人の話は不在者ユーステイシアに移る。村人はユーステイシアが「いつも何かしら変わったことを考えつく」娘であり、そのような彼女が怪しい黒い目をした「魔女」と呼ばれていることを話題にする。もちろん、ユーステイシアは魔女ではないのだが、自らを「エン・ドルの魔女」（一部六章）に例え、ショールとスカーフに身を包み、砂時計と望遠鏡を持って夜のエグドンを歩きまわるユーステイシアの様子は、魔女を想起させるものがある。

エグドンにはこのようなユーステイシアに好意を持つキャントルじいさんやチャーリーのような村人がいるが、ゴシップに交じっていたスーザンは後に、教会に居合わせたユーステイシアを編棒で突き刺すことになる。この出来事からも明らかなように、ユーステイシアを「魔女」だとするゴシップには少なからず悪意が含まれている。そこで、ユーステイシアが村人から否定的に受け止められる理由を探ると、その一つに村人の価値規範を無視したユーステイシアの言動を挙げることができる。ユーステイシアはトマシンと婚約中のワイルディーヴと夜遅く密会する奔放さを持っており、村人の道徳観にはまったくと言っていいほど無関心であるのだ。次に、二つ目の理由として、クリムと似てユーステイシアには会話を成り立たせる能力が欠如している点を指摘できる。三部四章で、クリムはユーステイシアから結婚の約束を取りつけようとする際、パリが好きではないことやそこに戻る意思がないことを伝える。それにも拘わらず、ユーステイシアはクリムがパリに戻るならすぐにでも結婚すると答える。そこで、クリムはパリに戻ることを強制しないでほしいとユーステイシアに頼み、パリには戻らないと再び告げる。すると彼女は次のように返事をする。

「私、あなたがご自分の教育計画にずっと執着することはないと確信しているんです。それなら、私のほうは問題ありませんよ。そしたら、私、いつまでもいつまでも、あなたのものに

なるって約束します」（三部四章）

クリムはパリに戻らないと言っているのだが、ユーステイシアはクリムが計画を諦めて、パリに帰るにちがいないと都合よく解釈するのである。この後、再びクリムはパリに戻らず、故郷で人生を終えるつもりだと述べる。これに対し、彼女はクリムとの愛のほうが重要なので、しばらくの間エグドンで暮らすと答える。ところが、結婚するとすぐにユーステイシアはエグドンの暮らしに不満を募らせていくのである。このやり取りから分かることは、ユーステイシアにはクリムの言葉を無視して勝手な想像を膨らませて物事を解釈し、約束を忘れてしまったかのように振舞うところがあるということである。彼女もまた、言葉を介して意思疎通を図ることができないのだ。このように、価値観とコミュニケーションの点でユーステイシアと村人との間には隔たりがある。ゴシップの動機づけについて敵意と攻撃性を挙げたスターリングの解説を思い出せば、ユーステイシアを「魔女」とするゴシップの背景には、両者の間にある隔たりによって生じたユーステイシアに対する村人の不信感があったと考えられる。そしてその村人もまた、二節で指摘したように、ゴシップという呪文を唱える魔女のような役割を担っているのだ。このようなところから、ユーステイシアに対する村人のゴシップは魔女攻撃の手段と見做すことができる。

では、村人がクリムとユーステイシアの関係に与える影響を見ていく。二人には身分が高く、教養があり、コミュニケーション能力に欠けているという共通点があり、村人はこのような二人を結婚へと結びつけていく。まず、クリムがユーステイシアに興味を抱いたのは、三部二章において、サムがユーステイシアの美しさに言及した時である。ユーステイシアの場合、彼女は二部一章で、エニシダを積み上げる作業をしている村人が、クリムがパリから帰国することと、そのクリムとユーステイシアがお似合いだとするゴシップを交わしているのを耳にする。このゴシップはユーステイシアのクリムへの関心を駆り立てることになる。この後、出会った二人は瞬く間に愛し合い、結婚する。村人の発言は彼らとは異なるクリムとユーステイシアを結びつけるきっかけを作っていったのだ。

次に、村人のゴシップがユーステイシアに及ぼす影響を分析していく。ユーステイシアがクリムと結婚について話し合う三部五章では、二人の結婚に反対するヨーブライト夫人の評価が、ユーステイシアを「魔女」だとするゴシップと関係していることに、ユーステイシアが気づく場面が描かれている。つまり、夫人はゴシップを耳にすることで、ユーステイシアを色眼鏡をかけて見るようになったのである。そして、これがユーステイシアへの否定的評価を生み出し、ユーステイシアはクリムとの結婚を夫人から認めてもらえない事態に陥ってしまったのである。その上、村人のゴシップはユーステイシアの言動を制限していく。ユーステイシアは当初、ゴシップなど気にしないと強気に出る。しかし、結婚後、オールダーワースの自宅にワイルディーヴを招き入れる四部六章において、彼女は村人のゴシップを心配して、ワイルディーヴをこっそり家に招き入れることになる。この行動は、ユーステイシアが村人の価値規範を意識し、ワイルディーヴとの関係に罪悪感を抱いていることを示すものだ。スパックスはゴシップが敵を攻撃して弱める際に使われる「強力な武器」(4)だと述べている。ユーステイシアもまた、この「強力な武器」によって結婚に反対されたり、元恋人との密会に迷いを感じるようになるのだ。

四

では、村人との間に距離があるエグドンの住民は、作中でどのようなエンディングを迎えるのだろう。

トマシンはワイルディーヴの死後、ヴェンと結婚するが、この二人の結婚の意味を探るためにはヴェンについて考察していく必要がある。ヴェンはエグドンの酪農家の出身だが、トマシンへの失恋をきっかけに紅殻屋《ベンガラ》になった。自らの意思とは言え、社会的地位を落とすという階級を重視する村人には好まれない行為を行ったうえ、エグドンに定住しないヴェンをエグドンの住民と捉えるのは難しい。ところが、ヴェンは村人のゴシップや情報に精通し、それを巧みに利用する。彼は愛するトマシンが傷つかないよう、村人のゴシップから得たユーステイシアとワイルディーヴの情報を基に二人の不義を取り締まる。ある時はユーステイシアに村の男性たちが彼女の容姿を褒めているというゴシップを教え、彼女の興味をワイルディーヴから逸らそうとする。村人とゴシップを共有する点でヴェンもまた、エグドンのゴシップ集団の一員なのである。

ヴェンはまた、トマシンへの愛をヨーブライト夫人に伝え、その告白を夫人に利用させることでトマシンとワイルディーヴの仲を取り持とうとする。彼はゴシップと自らの発言を通じてトマシンに尽くす。しかし、裏を返せばヴェンの努力は彼がトマシンの面目ばかりを考えているということである。ヴェンもまた、女性の体裁と結婚を尊ぶ村人の価値規範を守る一人と言えるのである。

ヴェンはワイルディーヴとユーステイシアの死後、酪農業を再開し、エグドンに定住してトマシンと結婚する。つまり、ヴェンはトマシンとの結婚に釣り合う社会的地位を回復させるのである。二人の結婚は村人の価値規範を遵守することに努めた者同士の結びつきであり、この結婚は村人によって祝福されるものとなる。二人の結婚は村人の価値規範がエグドンで続いていくことを暗示している。

ヨーブライト夫人の場合、夫人の言葉は人間関係を壊し、悲劇を招く。ヨーブライト夫人の刺々しい言葉はクリムとの決別をもたらし、夫人から憎しみのこもった言葉を受けたユーステイシアとワイルディーヴは、それぞれの結婚後も逢瀬を重ね、駆け落ちをする。ヨーブライト夫人の言葉は人間関係に破綻をもたらす悲劇の要因になっているのだ。そしてついに、夫人は息子夫婦との和解を望んで二人が住むオールダーワースに向かうが、ヒースで命を落とすことになる。その死は家族に厳しい言葉を投げつけた彼女が、自分の首を小脇に抱えた女性の看板を掲げたクワイエット・ウーマン・インという居酒屋の名称通り、口をつぐんだことを意味している。ローズマリー・モーガンは、クワイエット・ウーマン・インは男性が作った社会組織の中で法的・社会的権利を持たず、性的発露も許されない女性の状況を示すものだとしている(484)。ヨーブライト夫人の死にエグドンの村人は加担していない。しかし、村人が伝統的女性観に共感していることを考慮すれば、男性の領域に足を踏み入れた夫人は、エグドンの保守的力の前に沈黙させられたと言えよう。

既述したように、クリムはコミュニケーション能力が欠如していたが、その彼の言葉は暴力的なものとなって、ユーステイシアを死に至らしめることになる。そして、この事件に深く関与するのがヴェンと村人だ。クリムは亡くなる前にヨーブライト夫人と言葉を交わしたヴェンから、夫人がクリムたちと和解しようとしていたことを知らされ、夫人の死に疑問を持つようになる。さらに、スーザンの息子ジョニーから、オールダーワースの自宅にワイルディーヴがいたこと、ユーステイシアが夫人のノックに答えなかったことを知らされる。こうして夫人の死の原因がユーステイシアにあると考えたクリムは、五部三章で彼女を激しくなじる。真相を話そうとしないユーステイシアに腹を立てたクリムは、彼女が「魔女」だという村人のゴシップに言及し、ユーステイシアに「また僕を魔法にかけるみたいに、そんな目で見るんじゃない!」と怒り、彼女が「呪い」をかけたのであり、「みんなが悪く言う女に、いいところがあるわけないだろう?」と彼女を非難する。これに耐えられなくなったユーステイシアはクリムの元を去り、雨が降る真夜中、ワイルディーヴと落ち合う途中、シャドウォーターで溺死体となって発見される。クリムの心無い言葉がユーステイシアを死に追いやったわけだが、その元を辿れば、ヴェンとジョニーの情報がクリムの暴言を引き起こしているのである。それもジョニーの説明は眠っていたクリムが夫人のノックを聞き逃し、結果的に夫人を死に至らしめたという事実が抜け落ちたものであった。加えて、クリムはユーステイシアを「魔女」とする村人のゴシップを用いて彼女を非難している。村人の言葉はユーステイシアの死に深く関わっているのだ。

村人の発言とユーステイシアの死との関連性は、五部七章にも認めることができる。ユーステイシアが家出をする時刻に、彼女を毛嫌いしていたスーザンがジョニーの体調不良を彼女の仕業だと思い込み、ユーステイシアを模した蝋人形を作って針を突き刺す。蝋人形を火の中に投げ込んだスーザンの口からは、「敵に対して罪深い助力を得るときの過程で見られる呪文」が漏れ、この後、ユーステイシアは溺死体となって発見される。スーザンはまさに魔女として、ユーステイシアの死を望む呪文を唱えたのである。それはまた、ユーステイシアの死を願うゴシップでもあったのだ。クリムが言及した村人のゴシップとスーザンの呪文が示唆するのは、村人との間に溝があったユーステイシアが彼らのゴシップによって排されたということである。そして、これは魔女による魔女殺しに読み替えることができるのだ。

ユーステイシアの死後、ヨーブライト夫人とユーステイシアの死に責任を感じ、後悔の念に駆られたクリムは巡回説教師となる。かつて人を傷つける発言をしたクリムの言葉は人の心に届くものへと変化し、小説の最後では、「しかし、彼はどこでも快く迎えられた。彼の生涯についての話が広く知られていたからである」（六部四章）と締めくくられる。一見すると、エグドンの村人がクリムを受け入れたように描かれている。

しかし、ここでユースティシアとワイルディーヴの最期を検討しつつ、この問題について考えていきたい。ユースティシアを助けようとしたワイルディーヴもまたシャドウォーターで命を落とすことになり、村人とは一線を画していた二人がエグドンからいなくなる。そして、彼らの死後、エグドンの村人は生前の二人に見せたものとは異なる態度を示す。次の引用はエグドンで二人の死がどのように語られていったかを述べたものだ。

ユースティシアとワイルディーヴの死に関する話は、エグドン中に、さらに遠くまで、何週間も何ヶ月も語られていった。彼らの愛について知られている出来事は拡大され、歪められ、修正され、編集されていき、もともとの事実は、まわりの人々が語る偽りの話とわずかに似るに過ぎなくなった。（中略）しかし、全体として、この男のほうも女のほうも、その突然の死によって面目を失うことはなかった。多くの場合、時と共に皺が寄り、放っておかれ、朽ち果てる中で、それぞれの人生はどうでもよいつまらぬものへと弱まっていくのだが、今回の場合、不幸が品よく彼らを襲ったことになり、破滅的な勢いを伴った彼らの常軌を逸した話は省略されたのだ。（六部一章）

エグドンの村人はユースティシアとワイルディーヴの駆け落ちという世間体の悪い事実を、彼らの価値規範に合うよう聞こえのいい話に修正したのである。すると、「彼［クリム］の生涯についての話」にも、村人の都合に合わせて手が加えられた可能性が高い。

民俗学では、語り手の身辺で起こった出来事として自在に語られるものを世間話としており、これは民間説話の一つをなすものとされている（稲田他　二九〇―九一）。さらに、社会学や社会心理学では、民間説話を民衆の言語遺産の一部となった流言と見做しており（三隅　二三一）、ロバート・H・ナップは流言には時に人々の願望が表されていると述べている(23)。すると、村人が語り継ぐ話は、彼らの価値規範の継続を願う世間話という流言の一部であると解釈できる。それはまた、自分たちの規範以外は認めないという村人の頑なな態度を表出しているのだ。

五

以上、主にエグドンの村人の発言が果たす役割とそれがもたらす結果を論じてきた。エグドンではクリムをはじめとする上層の住民は自らの意思で生きている。しかし、彼らの意識や言動は、魔女のような村人が唱える呪文のようなゴシップやその他の発言の影響を受けており、それは彼らの死後も続いていく。村人の発言、特にゴシップは住民の人生を左右しているのだ。村人のゴシップとそれが上層の住民に与える影響、そして村人が語り継ぐ話が明らかにするのは、村人は話すことで彼らの考えを定義づけ、それを価値規範としてエグドンの秩序を作り、守ろうとしているということである。ここに村人同士の結びつきの強さを読み取ることができるのだが、別の言い方をすれば、村人には埒外の人物を受け入れない排他性と閉鎖性が潜んでいるということでもある。

　コロスの言葉が劇を進行させる役目を担うように、村人の真実と嘘が混じり合った言葉が上層の住民の人生を操作していく。エグドンでの出来事とそのありようは、村人の言葉によって決定されていく。彼らの発言はエグドンの社会的力を具現するものであるのだ。

注

本研究は JSPS 科研費 JP19K13126 の助成を受けたものである。

引用文献

Guiley, Rosemary Ellen. *The Encyclopedia of Witches, Witchcraft, and Wicca*. New York: Facts, 2008.
Hannerz, Ulf. "Gossip, Networks and Culture in a Black American Ghetto." *Ethnos* 32 (1967): 35–60.
Hardy, Thomas. *The Return of the Native*. 1878. London: Penguin, 1999.
Knapp, Robert H. "A Psychology of Rumor." *Public Opinion Quarterly* 8.1 (1944): 22–37.
Malton, Sara A. "'The Woman Shall Bear Her Iniquity': Death as Social Discipline in Thomas Hardy's *The Return of the Native*." *Studies in the Novel* 32.2 (2000): 147–64.
——. "Words Like Violence." *My Victorian Novel: Critical Essays in the Personal Voice*. Ed. Annette R. Federico. Columbia: U of Missouri P, 2020. 139–54.

Morgan, Rosemarie. "Conflicting Courses in *The Return of the Native*." The Return of the Native. Ed. Phillip Mallett. New York: Norton, 2006. 474–88.

Rosnow, Ralph L. and Gary Alan Fine. *Rumor and Gossip: The Social Psychology of Hearsay*. New York: Elsevier, 1976.

Spacks, Patricia Meyer. *Gossip*. Chicago: U of Chicago P, 1985.

Stirling, Rebecca Birch. "Some Psychological Mechanisms Operative in Gossip." *Social Forces* 34.3 (1956): 262–67.

Thompson, Edward P. "Rough Music Reconsidered." *Folklore* 103.1 (1992): 3–26.

Williams, Daniel. "Rumor, Reputation, and Sensation in 'Tess of the d'Urbervilles'." *NOVEL: A Forum on Fiction* 46.1 (2013): 93–115.

稲田浩二編者代表『世界昔話ハンドブック』、三省堂書店、二〇〇四年。

太田愛之「噂と民衆」『流言、うわさ、そして情報——うわさの研究集大成』、至文堂、一九九九年、三一二—二六。

川上善郎、佐藤達哉、松田美佐『うわさの謎——流言、デマ、ゴシップ、都市伝説はなぜ広がるのか』、日本実業出版社、一九九七年。

三隅譲二「都市伝説：流言としての理論的一考察」『流言、うわさ、そして情報——うわさの研究集大成』、至文堂、一九九九年、二二九—四一。

第八章　手紙から読むエグドン・ヒースの世界

高橋　路子

一

『帰郷』は、ペニー郵便が開始された一八四〇年から間もない頃のロンドンから遠く離れたエグドン・ヒースを舞台とする。トマス・ハーディは自ら創り上げた「半ば実在するような、半ば夢のような国」ウエセックスについて、次のような説明を残している。

ヴィクトリア女王治世にあるウエセックスでは、鉄道やペニー郵便が導入され、草刈り機や収穫機などが用いられていた。救貧院制度が整備され、黄燐《おうりん》マッチが使われ出した社会であった。さらに、労働者たちは読み書きができ、国民学校も設置されていた。(Hardy, *Writings* 9)

エグドン・ヒースはそのウエセックスの中央部に位置するが、『帰郷』では近代化とは無縁の僻地として描かれ、村人の間では篝火《かがりび》行事や呪術などが行われている。

エグドン・ヒースについては、これまでにも多くの研究者が様々な角度から論じてきた。エグドン・ヒースと神話の関係を論じた研究（Bullen 181–83）や、ジュリア・クリステヴァが提唱したセミオティックの概念と結びつけて論じた研究（佐竹　二九―三五）の他、エグドンと登場人物たちとのメトニミー的関係に言及する論文（Tilley 373–74）もある。さらには、ハーディ小説の舞台は一九世紀イギリス社会が抱える様々な問題の隠喩として機能するという指摘（Milligan 105）もなされている。[1]

本稿では、主人公クリム・ヨーブライトの帰郷がペニー郵便の開始時期と重なることに着目し、作中の手紙からエグドン・ヒースを考察する。[2] 昔ながらの伝統や風習が根強く残っている共同体において、手紙がどのように扱われているのか。また、どのような影響を与えるのか、あるいは与えないのか。それらを考察することで、エグドン・ヒースの新たな解釈を試みる。

二

カリン・ケーラーが『トマス・ハーディとヴィクトリア朝のコミュニケーション』の中で示すように、ハーディの小説において、手紙はきわめて重要な役割を果たす（11）。ジェイン・オースティンはじめチャールズ・ディケンズやアントニー・トロロープも作品の重要な場面で手紙を扱っており、手紙は一九世紀小説の主要な特徴である（Golden 16–18）と言える。キャサリン・J・ゴールデンは、手紙を通して物語が語られる一八世紀書簡体小説と比較し、一九世紀小説では、手紙は物語を語るのとは別の目的を果たすために用いられている（177）と指摘する。

ハーディも作品の中で手紙にさまざまな目的と役割を与えている。一様に手紙と言っても、その形態はさまざまで、いわゆるペニー郵便を利用する場合もあれば、人に託ける場合もあるし、『微温の人』では電子通信が用いられている。手紙はプロットを動かす重要な契機ともなっており、『はるか群衆を離れて』では、バスシバが戯れに送ったバレンタインカードが、多くの人間たちの運命を狂わせてしまう。『カスターブリッジの町長』では主人公が読むべきではない手紙を読んでしまったり、受取人以外の人間が手紙を読んでしまったりすることで物語が大きく転換する。『日陰者ジュード』の中でスーが認《したた》める手紙は、実際のスーとは別のペルソナを創り出し、ジュードを戸惑わせる。『ダーバヴィル家のテス』では、主人公によって書かれなかった手紙、あるいは書かれたけれども結局は送られなかった手紙が重要な意味を持つ。このように、ハーディ作品の手紙が持つ意味や役割は多種多様である。しかし、それぞれの形態や目的は違えども、ハーディ作品の手紙が、人間関係の複雑さ、人間心理の奥深さ、社会のあらゆる不条理、時代と共に変化していく社会と人間の苦悩と葛藤を伝える媒体であることは間違いないだろう。

一八四〇年一月一〇日、ローランド・ヒルは、一定の重さであれば一律料金［一ペニー］で手紙を郵送できるという新たな郵便制度を始めた。[3] 一八三七年出版の冊子の中でヒルは、ペニー郵便制度の大きな目標として、貧富に関わらず誰もが手軽に郵便を送ることができる社会を作ることを掲げている。

> 手紙や昨今安価で手に入る素晴らしい読み物が円滑に配達されるようになることで、国民の宗教的、道徳的、知的進歩がどれほど加速するかということを考えた時、郵便局は文明を前進させる新たな強力で重要なエンジンとなるのです。国民学校の役割を担うことも可能となるでしょう。(6)

右の引用からペニー郵便はただ単に郵便物を効率よく配達するということ以上にもっと高尚な目標、すなわち国民の「宗教的、道徳的、知的進歩」を促進し、「文明」を発展させるという大義のもとで推し進められた改革であったことが分かる。ダンカン・キャンベル＝スミスによると、この制度は功を奏し、導入から一年後には郵便局から配達された手紙の枚数は前年の二倍近くに膨れ上がった (140, 707)。

　その一方で、ヒルの改革に反発する声もあった。ケーラーは、ハーディ小説における手紙はペニー郵便の抱える矛盾点や問題点を浮き彫りにすることが多い (11) と指摘する。事実、ハーディ作品では手紙が悪意ある計画や欺瞞、脅迫などの目的で使われることも少なくない。さらに、ペニー郵便は平等性を高々と謳っていたが、現実には、社会の格差や階級制度が解消されたわけではない。

　しかし、ヒルが掲げた社会改革という目標が、『帰郷』のクリムの高尚な理想を彷彿とさせることは特筆に値する。クリムは、愛着のある故郷をあるがままに受け入れ存続させようとするのではなく、自身も若かりし頃に馬鹿げていると感じていた人々の生活や考え方を改革し、社会全体を粗野なものから知的な世界へと導くことが、自分の使命であり目標であるとしてパリから帰国したのである（三部一章）。

このようなクリムの考え方は、一九世紀初頭に流行した社会学者オーギュスト・コントの思想、すなわち、社会の発展は人間の知性に連動するという社会進化論の影響を受けたものと考えられているが、郵便の効率化を図り、教育を促進することで、個人を育成し社会をより成熟したものにするというペニー郵便制度の理念もクリムの帰郷の目的と一致しており、その意味において、クリムの帰郷をペニー郵便導入と関連づけて論じることはあながち的外れではないのである。[4]

三

クリムの帰郷が二部まで待たれなければならないのには理由がある。一部では、クリムが帰ってくる前のエグドン・ヒースの様子が描かれており、それがクリムの帰郷後と対比される構図になっているからである。

一部一章はエグドン・ヒースの自然描写で始まる。初冬の夕暮れ時、天空と辺り一帯に広がる荒野の様子は、何の解説も必要とせず「己の物語」を自ら語っていると語り手は伝えている。太古の昔からずっと変わらないその地において「文明は敵」とも表され、一時的な流行によってあれやこれやと違う形や色の衣装を身にまとう人間たちの浅はかな虚栄心をあざ笑っているかのようである。これらの描写は、おのずと原始世界対近代文明、自然対人間という構図を浮かび上がらせ、これから起こることを予言しているかのようでもある。

古典演劇の三一致の法則に則って書かれたとされるこの物語がエグドン・ヒースを離れることはない。ジェイムズ・ギンディンは、小説の舞台がエグドン・ヒースに限定されることで、ハーディの他の作品と比べて、ドーセット州の地元文化に対する作家の関心が大いに反映されている(396)と指摘する。例えば、ガイ・フォークスの火薬陰謀事件に由来する一一月五日のお祝い行事、クリスマス恒例の仮面劇、春の訪れを祝うメイポールダンスなど比較的規模の大きなものから、人々の間で伝わる迷信や言い伝え、民間療法、呪術、魔除けまで、ハーディの出身地であるドーセット地方にかつてあった文化や風習が、エグドンで暮らす人々の生活の一部として描かれている。

中でも、ディゴリー・ヴェンが一時的に身を扮している紅殻屋《ベンガラ》については、一部で詳細な説明がなされており、彼の存在が作品の中で特に重要な意味を持つことを印象づけている。

紅殻売りの仕事は、羊に印をつけるための染料を農夫たちに供給することだったが、ウエセックスではそれを生業にする人は急速に減ってきていた。紅殻売りは農村共同体の中では、ちょうど前世紀に動物界のドードーが占めていたのと同じような立場にあった。絶滅種と存続種との間にあり、それ自体も消えつつある繋ぎの部分に位置した奇妙でかつ興味深い存在であった。（一部二章）

紅殻屋が徐々に衰退していった背景には「鉄道の導入」があった（一部九章）。一八三八年にロンドンと南西部をつなぐ鉄道［Great Western Railway］が開通すると、染料の入手ルートが別に見つかり、需要が大幅に減ったためである。しかし、衰退していく職種がある一方で、鉄道の発展により拡張していく仕事もあった。ペニー郵便がその一つである（Golden 156）。エグドンにおける紅殻屋の衰退は、鉄道とペニー郵便に象徴される近代化の到来を暗示している。

先述した通り、クリムはペニー郵便の開始時期とほぼ同じくしてパリから帰郷するが、その頃、エグドンの農民や労働者の間で文字が普及し始めていたことが彼らのやりとりから窺える。箒作りをするオリー・ダウデンは言う。昔は「アルファベットのO《オー》すらろくに書けなかった人でも今では間違うことなく自分の名前が書けるようになった」と。これに対して、ティモシー・フェアウェイは、その昔、結婚証明書に記されたハンフリーの父親の署名が、名前ではなく、かかしのような十文字であったことを思い出し、教養レベルではハンフリーも父親と同じであるから、名前が書けるキャントルじいさんの方がましだとからかっている（一部三章）。[5]

ハーディはウエセックスを労働者が読み書きできる世界として想定はしていたが、実際のところ、彼の作品に登場する労働者が必ずしも読み書きできるわけではない。むしろ、読み書きができるかどうか、（さらに）手紙を書く人物であるかどうかが、その人物の階級を表す重要な指標となっている。

手紙が階級を示す一つの指標であるとすれば、エグドンには二種類の階級の人間が暮らしていることになる。作中で手紙を実際に書いた可能性がある人物たちは、ミドルクラスに属するヨーブライト一家［夫人、クリム、従妹のトマシン］、ドゥルー大佐と孫娘ユーステイシア・ヴァイ、元技師で現在居酒屋経営のデイモン・ワイルディーヴ。その下の階級にあたるロワーミドルのヴェンは、自身が手紙を書いたという言及はないが、トマシンが彼に宛てて手紙を送っていることから同じ種類の階級として区分できるだろう。それに対して、エグドンの住民の多くはロワークラスに属し、彼らは手紙を運ぶ役目を言いつかることはあっても、彼ら自身が手紙を書いたりすることはない。[6]

ここで注目すべきは、村人たちが、手紙はおろか文字が書けないことについて、何ら不便さを感じていない点である。むしろ、学問がまったく役に立たない例として、技師から居酒屋店主に落ちぶれたワイルディーヴのことが話題に上っている（一部三章）。ドゥルー大佐は、文字が普及した結果、ご婦人たちが恥ずかしくてその前を歩けなくなるような落書きをする輩が出てきたことを嘆く。文字で悪事を働くくらいなら、文字など最初から覚えない方が国のためだと不満を露わにする（二部一章）。

一部三章「田舎の習慣」では、フェアウェイたちがレインバロウと呼ばれる塚に薪をくべている様子が描かれる。時は一一月五日のガイ・フォークス・ナイト、やがて辺り一帯に炎が点々と立ち上がる。暗闇で辺りの様子は見えないが、彼らにはどこの誰の篝火なのかおおよその見当はついた。毎年、同じことの繰り返しではあっても、この行事に参加することでお互いの存在を確かめ合っているかのようである。この篝火行事の場面は、エグドンが文字を介さずともコミュニケーションが成立する原始的な共同体であることを強く印象づけている。

火が熾ると篝火の周りに気の知れた仲間たちが集まってくる。辺りも明るくなり体も温まってくると、彼らは陽気な気分になり、自然に踊りと歌が始まる。

レインバロウで見られたのは、踊り手たちの腰まで舞い上がる火の粉の飛び散る混乱の中を、旋回する群像の黒い影だけだった。聞こえる音と言えば、女たちの金切り声、男たちの笑い声、スーザンのコルセットと木靴の音、オリー・ダウデンの「ヒュー、ヒュー、ヒュー!」という叫び声、エニシダの茂みをかき鳴らす風の音で、これらの音が彼らの足踏みの魔的な拍子に、ある種の旋律を添えていた。(一部三章)

その後、フェアウェイたちはトマシンとワイルディーヴの結婚を祝福するために、ワイルディーヴが経営する居酒屋まで出向き、恒例の祝婚歌を披露する。エグドンの住民にとって歌や踊りこそが喜怒哀楽を表現する方法であり意思疎通の手段なのである。以上を考えると、故郷に学校を建てて教育を施し、人々を精神的に高めようというクリムの計画について、彼らがまったく関心を示さないのも無理はないのである。

四

一八四〇年代は、ペニー郵便がイギリス国民の大きな関心事であり、人々の生活の一部として定着し始めていた時期である。にもかかわらず、『帰郷』においては、ペニー郵便に関する言及がないどころか、外界とのやり取りはほとんどない。これは、エグドン・ヒースが隔離された地であることを際立たせているとも言えるが、そもそもこの制度を利用する人物が限られていることから、ペニー郵便制度が必ずしも万人に開かれたものではなかったことを暗に示している。

とりわけ女性の手紙となると問題はさらに複雑であった。というのも、女性の手紙はヴィクトリア朝のセクシュアル・イデオロギーの影響を免れえなかったからである。手紙はヴィクトリア朝絵画のモチーフとしてもしばしば使われたが、女性の手紙は不義の象徴として扱われることが多かった (Golden 188–91)。一八五八年発表のオーガスタス・エッグによる三部作『過去と現在』がその代表的な例であろう。妻の不貞が発覚する場面を描いた一枚目には、絵画の中央部に食べかけのリンゴと床に投げ捨てられた手紙と封筒が描かれている。エッグの絵画において、手紙は「堕落した女」の記号として扱われている (Koehler 53–54)。

ペニー郵便制度は階級や貧富の差に関係なく、誰もが手紙を送ることができる社会をもたらすべく導入されたが、階級がなかなか超えられない壁であったのと同様に、ジェンダーにおいても、男性と女性が同等の自由と解放を与えられたわけではなかったのである。

『帰郷』においても、手紙は女性の不義と結びつけられている。しかし、そのような考え方が表面化するのはクリムがエグドンに戻ってきてからのことである。クリムとの結婚を前にユーステイシアは元恋人のワイルディーヴに小包を届けている。小包に添えられた手紙には、彼から以前受け取った諸々のものを返すとしか書かれていないが、のちに空っぽの封筒が出てくることから、小包には、ワイルディーヴからの手紙も含まれていたと推測できる（二部七章）。

『カスターブリッジの町長』でルセッタがヘンチャードに対し、昔の手紙を返してほしいと嘆願するのも同じ理由からである（三五章）。たとえそれが過去のものであったとしても、夫以外の男性との手紙のやり取りは、女性にとって致命的となることを、ユーステイシアもルセッタも認識しているのである。

『カスターブリッジの町長』では手紙が第三者によって暴露され、スキミティ・ライドという悲劇を引き起こす。『帰郷』においても過去の手紙、厳密には、過去の手紙の痕跡が不義の証拠として扱われ、悲劇的結末へとつながっている。

クリムの母親ヨーブライト夫人が新居を訪ねてきた時、家にユーステイシアと自分以外の男性がいたことを知ると、クリムは物凄い剣幕で妻を問い詰める。その際、次の引用にあるように、彼はすぐさま手紙の有無を問いただしている。手紙が不義の重要な証拠となるからである。

「手紙はどのくらい頻繁に送ってくるのですか。手紙はどこで受け取るのですか。いつ会っているのですか。ああ、手紙ですよ！　相手の名前を言いたまえ」

「言いません」

「では、自分で探します」彼の目は近くにあった小さな机に留まった。そこで彼女はよく手紙を書いていた。彼は机のところまで歩み寄った。鍵がかかっていた。

「これを開けたまえ」

「あなたにそんなことをおっしゃる権利はありません。私の机ですもの」

それ以上は何も言わず、彼は机をつかみ床に叩きつけた。蝶番が壊れて、何通もの手紙が転がり出た。（五部三章）

ペニー郵便開始以降、イギリス国民の間で需要が高まったものの一つとして、書き机が挙げられる。[7] ユーステイシアの寝室にある手紙用の机はこの時代を象徴するものであり、机が蓋付きで鍵が掛けられたというのも、ペニー郵便が保証するプライバシーの概念を反映させたものと言えよう。郵便料金を前払いにすることで、匿名性とプライバシーが守られるようになったというのがペニー郵便の魅力の一つだったからである。しかし、歴史が示すように、実際には反体制勢力を牽制する目的でロンドンの中央郵便局職員が手紙の中身を検閲していたという政治スキャンダルが発覚するなど、必ずしも手紙の機密性が守られていたわけではなかった (Golden 159–63; Koehler 47–53)。まして や、女性が男性の所有物と見なされていた時代にあっては、女性が匿名性や機密性を持ちえたかと言うと、それは甚だ疑わしい。結婚後の女性の所有権を保証する法律が一八八二年に制定されるまでは、妻の持ち物は手紙も含め夫のものであった (Koehler 56)。したがって、クリムが無理やりに机を壊してまで中の手紙を取り出そうとしたとしても、法律的にはそれが認められる時代であった。

投げ出された手紙の中に、一枚の封筒があった。手紙は入っていなかったが、筆跡はワイルディーヴのものであった。それを見たクリムは逆上し、次のように言い放つ。

「これが読めますか。この封筒を見てごらんなさい。いずれ全てが明らかになるでしょう、中に何が入っていたのかも。私の奥方がこの類のことにどれほど長けておられるのか、すぐに納得のいく答えが出るでしょう」（五部三章）

右の引用でクリムが皮肉を込めて言うセリフ "Can you read, madam?" は、もちろん文字が読めるかどうかを聞いているわけではなく、「これが何を意味するか分かっているのか」という意味であり、ユーステイシアは堕落した女としての自覚を問われているのである。

ユーステイシアの最期は、『カスターブリッジの町長』のルセッタや『はるか群衆を離れて』のファニーの最期を連想させる。死人に口なしとは言え、彼女たちの死は多くを語っている。反対に言うと、女性は死ぬことでしか無念を晴らすことができないという社会を浮き彫りにする。ニナ・

アウエルバッハが主張するように、死 (fall) を通して、自分を死に追いやった社会や国家を覆し、さらに、その受難を通して崇高な存在として復活するというのが、ヴィクトリア朝の堕落した (fallen) 女たちの系譜だ (29–30) とするならば、ユーステイシアもまたその系譜に名を連ねることになるだろう。

五

クリムとワイルディーヴは、あらゆる点で対照的であるが、両者の違いはそれぞれの意思伝達方法に顕著に表れている。クリムの第一印象が「書物の中の一頁」（二部一章）のような顔であったと記されているように、彼は本や手紙など文字と深い関わりを持つ人物として描かれる。それに対して、ワイルディーヴについては、異性を惹きつける彼の魅力は、沈黙も含め「言葉を使わない」方法にある（四部八章）と語り手は述べている。

事実、ユーステイシアの篝火をそれと気づき、そのメッセージを理解するのはワイルディーヴだけである（一部五章）。また、無気力なユーステイシアに「勝利する刺激と喜び」（一部六章）を与え、日頃は血の気のない頬を「赤く染めさせ」（四部四章）、クリムと別れて絶望の淵にある彼女に「安心感」（五部七章）を与えるのは、ワイルディーヴの投げる石の音（一部六章、五部五章）であり、逃避行の晩に彼が送る篝火の合図（五部七章）なのである。

一方、クリムはというと、自分のもとに戻ってきてほしいという内容の手紙を送る（五部六章）。祖父のピストルで自殺を考えるまでに追い詰められ、自暴自棄に陥っていたユーステイシアは、資金も行く先のあてもないにもかかわらずエグドンを脱出しようとしていた。もしクリムが書面ではなく自ら出向いて彼女を連れ戻しに行っていれば、あのような無謀な逃避計画を思いとどまらせることができたかもしれない。というのも、彼女は「ほんの一瞬だが彼が再び自分の前に現れてくれたらどんなにかよいのにと願わずにはいられなかった」（五部七章）からである。しかし、クリムは手紙を書き、それをフェアウェイに託ける。その手紙は遅れて届いただけでなく、結局は、ユーステイシアに読まれることもなかったのである。

作品の後半において、ワイルディーヴに好意的な描写が多いのは、クリムとの結婚に幻滅し始めているユーステイシアの心理と連動する形になっているが、同時に、文字に盲従するクリムの姿勢に対するハーディの批判とも解釈できる。結婚後にユーステイシアからクリムを遠ざけ、逆にワイルディーヴを近づけたのは、ユーステイシアとワイルディーヴの間の文字を使わないコミュニケーションであったと言ってもよいだろう。互いに違う相手と結婚した後も、ワイルディーヴはユーステイシアへの想いを断ち切れず、その気持ちを言葉ではなく蛾に託す（四部四章）。

一九一四年発表のハーディの詩「蛾の合図」は「エグドン・ヒースで」という副題がつけられており、ユーステイシアとワイルディーヴの秘密の交信を題材としている。女は、蠟燭の火に引き寄せられて部屋の中に入ってきた一匹の蛾を見て、それが昔の恋人からの「合図」であることに気づく。夫はそんな妻に気づく様子もなく書物に没頭している。外に出た彼女を恋人が待っている。彼は彼女を抱きしめ「愛しい人」と呼ぶ。この詩でも夫は文字ばかりを追っているが、かつての恋人の方は蛾の動きと呼応するかのように、彼女を「掴み (clasped)」、彼女に「呼びかけ (called)」、そのために「焦がれ (burnt)」、「砕かれ (broken)」る。しかし、最後は彼女を「おびき出す (lured out)」ことに成功するのである。これらの動作がいずれも自滅的なものであったとしても、彼女の心が揺さぶられていることは明らかである (392–93)。

結局、ユーステイシアとワイルディーヴは、豪雨の中、シャドウォーターの堰に引き込まれるようにして死んでしまう。直接的ではないものの、クリムの帰郷の結果、失われたのは二人の命だけではない。二人の間にあった原始的なコミュニケーションもまた永遠に失われてしまったのである。ハーディは当初、最終部を予定していなかったということだが、エグドンのその後が描かれているという意味では重要である。中でも、エグドンの変化を最も顕著な形で体現しているのがヴェンである。ユーステイシアとワイルディーヴが亡くなってから一年半ほどが経過した頃、ヴェンは紅殻屋ではなく元の小農場主として再び姿を現す。紅殻の色が落ち、その洗練された人間らしい姿にクリムもトマシンも驚きを隠せない（六部一章）。

すっかり変わったヴェンを見て、「これからはトマシンの赤ん坊をどうやって怖がらせようか」（六部一章）とクリムは言うが、この無神経とも思えるひと言は、実は、ヴェンの変身がもつ意味についても多くを語っている。染料が浸み込んで全身が真っ赤な紅殻屋は、「絶滅種と存続種の中間にある」（一部二章）存在として作品冒頭で紹介されていた。近年では中心部から離れたエグドンでも、その姿はあまり見られなくなってきており、言うことを聞かない子供に対して親が言う脅し文句「紅殻屋がやってくるよ！」（一部九章）として使われるなど、メフィストフェレス的な存在として見なされるようになっていた。それまでヴェンの存在によって辛うじてそれとして認識されていた紅殻屋がいよいよエグドン・ヒースから、そしてテクストから消えるということは、すなわち、紅殻屋が象徴していた過去のエグドンとそこで繰り広げられていた昔ながらの風習や言い伝えなどの消滅を意味することになるのである。

最終部に挿入される五月祭でのダンスの様子は、表面的にはのどかな田園風景としての「メリー・イングランドの伝統」（六部一章）がこれからも継承されていくかのような印象を与えているが、トニー・スレイドは、この場面において語り手は「客観的な描写」に終始しており、より主観的な描写がなされている『ダーバヴィル家のテス』二章のメイポールの場面や、同じ『帰郷』の中でも前半の仮面劇（二部七章）の場面とはまるで対照的である（426）と指摘している。何よりも、一部で篝火の周りを村人たちが自由気ままに歌って踊っていた場面と比べると、その違いは一目瞭然である。篝火の周りで繰り広げられていた踊りが情動的で原始的なカオスだとするならば、最後のメイポールの周りのダンスはより洗練された文明と秩序の世界を体現しているようである。

六

本稿では、『帰郷』が一八四〇年代を舞台としていることに着目し、文明からかけ離れた場所として描かれるエグドン・ヒースにおいても、ペニー郵便制度に象徴される近代化の影響が迫りつつある様子を描いた作品であることを論じてきた。

作品最後で、エグドンの未来を担う存在として描かれるのはヴェンである。紅殻屋から小農場主となり、資産家の未亡人となったトマシンの夫となるまで、ヴェンその人に見られる変化は、エグドンの変化と行く末を象徴している。

やがて、ヴェンはトマシンと子供を連れてエグドン・ヒースを離れ、荒野より人間の手が入った牧草地にある農場へと移っていく（六部一章）。フェアウェイやハンフリーらエグドンの住民たちは、おそらくこれまで通りの生活を続けるであろう。干し草をくべ、蝋人形を作り、結婚祝いの歌を合唱する村人たちの生活は、しばらく続くであろうが、そう長くは続かないであろうことは、彼らと同じく原始的な方法でコミュニケーションをとっていたユーステイシアとワイルディーヴの死によって暗示されている。篝火で相手を呼び出し、石で合図を送る、そして蛾に思いを託すという文字ではない方法で意思疎通を図っていた二人はもはやこの世にはいない。こうして見ると、『帰郷』のエグドン・ヒースは、そしてそこで繰り広げられたドラマは、近代化の動きによって失われた、あるいは失われようとしている世界の表象として読むことができる。

紅殻屋が消滅した先にあるのは、鉄道やペニー郵便の世界である。ハーディが必ずしもその未来を肯定的に捉えていなかったであろうということは、作品の手紙からも窺える。クリムはワイルディーヴの筆跡が残された封筒を根拠に不義という手紙を読み、クリムの手紙はユーステイシアの無謀な計画を食い止めることができなかった。この作品において、悲劇の原因となった二通の手紙は、実際には読まれなかった手紙であった。『帰郷』の手紙は、文字そして手紙の無力さ、無意味さ、そして理不尽さを浮き彫りにし、その一方で、文字に頼らずとも人々が幸せであった頃のエグドン・ヒースの原始的な世界への懐旧の念を強く感じさせる。

注

1 J. B. Bullen, "The Gods in Wessex Exile: Thomas Hardy and Mythology." *The Sun is God: Painting, Literature and Mythology in the Nineteenth Century*. Ed. J. B. Bullen. Oxford: Clarendon, 1989. 181–98; 佐竹幸信「時空のゆがみ――エグドン・ヒースとユーステイシアは何を象徴するのか?」『ハーディ研究』三二号、日本ハーディ協会、二〇〇六年、一五―四〇；Christopher Tilley, "The embodied poetics of a nineteenth-century heathlands landscape." *Landscape in the Longue Durée: A History and Theory of Pebbles in a Pebbled Heathland Landscape*. UCL P, 2017. 370–80. *JSTOR*. Web. 20 Feb. 2023; Ian Milligan, *The Novel in English: An Introduction*. London: Macmillan, 1985.

2 カール・J・ウィーバーは作中の日付を頼りに『帰郷』の舞台が「一八四二年～一八四三年」であること

を突き止めている。Carl J. Weber, "Chronology in Hardy's Novels." *PMLA* 53.1 (Mar. 1938): 314–20.

3　それ以前は、受取人が郵便料金を支払わなければならず、それも手紙の枚数で金額が決まり、集配人はその都度集金もしなければならなかったため、時間と手間がかかったほか、配達中に犯罪に巻き込まれることも多かった。また、料金が高かったため、下層階級が手紙を出すことは稀であった。一方、いわゆるフランキング制度というものがあり、政治家などは郵便料金が免除されていたため、実質的には中流ないし労働者階級だけが高額な郵便料金を負担しなければならず、その社会不平等も問題視されていた。

4　Slade, 416を参照。

5　一九世紀において読み書きができるかどうかの基準は婚姻届に名前を書くことができるかどうかであった。国民の識字率向上の背景にペニー郵便があったとオールティックは指摘している(172)。Richard D. Altick, *The English Common Reader: A Social History of the Mass Reading Public, 1800–1900*. Columbus: Ohio State UP, 1957.

6　階級区分については森松を参照（九―一〇）。森松健介『テクストたちの交響詩――トマス・ハーディ14の長編小説』、中央大学出版、二〇〇六年。

7　ペニー郵便以降に需要が増えたものとしてインクボトル、レターオープナー、切手入れ、ペン、封筒などの文房具類に加えて書物机があった。それらはヴィクトリア朝の文化と文明を彩るものとして一八五一年のロンドン万博開催時に配布された公式カタログ冊子に紹介されたほどであった (Golden 129–31)。

引用文献

Auerbach, Nina. "The Rise of the Fallen Woman." *Nineteenth-Century Fiction* 35.1 (June 1980): 29–52.

Campbell-Smith, Duncan. *The Masters of the Post: The Authorized History of the Royal Mail*. London: Penguin, 2011.

Gindin, James. "Hardy and Folklore." The Return of the Native: *An Authoritative Text, Background, Criticism*. New

York: Norton, 1969. 396–401.

Golden, Catherine J. *Posting It: The Victorian Revolution in Letter Writing*. Gainesville: UP of Florida, 2009.

Hardy, Thomas. "The Moth-Signal (On Egdon Heath)." *The Complete Poems of Thomas Hardy*. Ed. James Gibson. London: Macmillan, 1976.

——. *The Return of the Native*. 1878. London: Penguin, 1999.

——. *Thomas Hardy's Personal Writings: Prefaces, Literary Opinions and Reminiscences*. Ed. Harold Orel. Lawrence: U of Kansas P, 1966.

Hill, Rowland. *Post Office Reform: Its Importance and Practicability*. 3rd ed. 1937. Kessinger, 2008.

Koehler, Karin. *Thomas Hardy and Victorian Communication: Letters, Telegrams and Postal Systems*. London: Palgrave Macmillan, 2016.

Slade, Tony. Notes. *The Return of the Native*. By Thomas Hardy. London: Penguin, 1999. 397–428.

第九章　悲劇、パストラルと一九世紀視覚文化
――『帰郷』における大きなものと小さなもの――

金子　幸男

一

『帰郷』の半ば過ぎ、暗い夜、ヒースでサイコロ博打をする印象的な場面が現れるが、注目すべきことが二つある。一つは、台がわりに置かれた小さな平らな石が「戦場のように広大で重要な闘技場」（三部八章）[1]、つまり大きなものに喩えられていること。これは、小さなものが大きなものに見える、または小さなものを大きなものに見立てる、ものを見る際のスケールの問題を提起している。同じことは、作品中、微小の世界を大きく見せる光学器械の顕微鏡についても言える。[2]もう一つは、蛍の明かりで勝負をしている様子が、ジオラマに喩えられていることだ。ジオラマはR・D・オールティックが言うように、一九世紀前半、パノラマと共に観衆のスペクタクル趣味に合わせて人気を博した光学器械であり一種の見世物である。確かに一三匹の蛍の明かりでサイコロをふる様子はスペクタクルであり、観衆または観察者の存在を意識させる。もっとも、滑稽なことに、この場面における観衆とは、ハエや蛾など羽根のある夜の虫とヒースクロッパーと呼ばれる馬たち

（三部八章）である。このジオラマとその観察者という組み合わせは、場面を一つの見世物として読者に見るように迫ってくる。[3]このようなスケールの問題および光学器械の問題は、この小説が依拠している悲劇やパストラルという、ジャンルの問題と切り離して考えることはできない。というのは、悲劇もパストラルも一面において大きさに関わるジャンルであると見ることができるからである。悲劇においては、その主人公は威厳を備えた大きな人物に見えなくてはならないので身分の高い者であることが多く、運命の変転により幸福から不幸へと、卑小な存在へと転落する。[4] パストラルにおいては、都会の野心や富の追及が否定され、田舎の村落共同体の横のつながりが重要視されるので、悲劇のように人間をことさら大きなもの、小さなものと描く必要はない。人物は牧歌的な世界に住む有徳な人物として理想化される場合はあっても、等身大の対等な価値ある存在として眺めなくてはならない。[5] これら悲劇とパストラルという二つのモードが、観察者とその対象との関係、および光学器械に代表される一九世紀の視覚文化とどのような関係にあるのか、これまで論じられることのなかったテーマを『帰郷』において考察する。

二

それではまずハーディの考える悲劇の枠組みから見てゆこう。作者によれば、悲劇は「宇宙・自然もしくは社会制度に内在する、人間に敵対する環境」(F. Hardy, *Later* 44) の中に置かれた個人が、「個人の本来的な目標や欲望を達成しようとすると不可避的に破滅する」(F. Hardy, *Early* 230) ことで創造される。「目標や欲望」は、「普通の人間の熱情、偏見、野心」をかきたて、「悲惨なできごと」(*Early* 157) をもたらすのである。また最良の悲劇とは、「不可避なるものに取り囲まれた、価値ある人間の悲劇」(*Later* 14) である。ハーディのいう「価値ある人間」とは、悲劇における威厳を備えた人間と言えよう。したがって宇宙、社会という背景と主人公の描き方に優れた悲劇の成否がかかっていた。ギリシア悲劇に深い関心をよせていたハーディにとって、『帰郷』はそれを強く意識して書かれた最初の本格的な悲劇の試みであったと言える。ギリシア悲劇ならば、王宮などの荘厳な公的場所が舞台で、主人公たちも王族や貴族といった高貴な人物だから、悲劇に必要な威厳はそれだけで十分備えている。しかし、『帰郷』の舞台は荒野なので社会の存在感が薄く、主人公たちも落ちぶれた中産階級であることから、悲劇に必要な威厳をどう生み出すかは大きな問題であった。そこで作者は、この背景と人物にある工夫を施す。

まず背景となるエグドン・ヒースの荒野を、崇高な巨大なものに描くことで悲劇の威厳を生み出そうとする。ハーディはアマチュアの天文学者を主人公にした『塔上の二人』の中で、宇宙には望遠鏡を使って見える大きさに応じて、「威厳」「壮大」「荘厳」「畏怖」「ぞっとする恐怖」と呼ばれる複数のサイズが存在し、「ぞっとする恐怖」を引き起こすのは、「銀河宇宙の大きさ」(四章) であると言っている。このような言葉で表現された広大な宇宙は、崇高という概念でくることができる。ハーディにとって大きさは威厳、崇高さと結びついているのだ。冒頭の有名なエグドン・ヒースの場面は、黄昏時のわずかな時間の光から闇への変化を描いたものだ。厳めしいエグドンの壮大なパノラマが展開し、巨大な生き物のように描かれ、アトラス他の神話の時代の巨人族になぞらえられている。エグドンには、「威厳のある」、「印象的な」、「壮大な」という形容詞や、「崇高」という言葉が使われている（一部一章）。

読者は圧倒的な大きさのエグドンを前にして、美的距離を置いて眺める視点が与えられる。ハーディはエグドンの崇高さの描写に加え、その解釈までするからだ。すなわち、美意識の変化により、近い将来、調和、釣り合い、規則性を重視する古典美よりも、暗さ、不規則性、醜の中に美を見いだす崇高美を評価する観察者があらわれ、この暗い風景を愛でるようになるというのだ（一部一章）。風景を風景美の様式に当てはめ、ふさわしい観察者の登場まで予想している点で、このエグドンの崇高な風景と読者、観察者との間に美的距離を取っていることが分かる。読者は荒々しい生の自然に向き合っているというより、崇高美という美の範疇を通じて、クリムとユーステイシアの悲劇が演じられる舞台であるエグドン・ヒースを眺めるようになるのだ。ちょうど、『緑樹の陰で』の場面においてオランダ絵画の枠組みが利用され美的距離が取られていたのと同じである。つまり読者は『帰郷』の舞台の自然らしさというよりは、虚構性、人工性を意識させられるのだ。この点は、エグドンが劇の演じられるテント小屋のイメージを与えられている（一部一章）ことからも分かる。

さらに、このエグドンは時間の経過と共に光から闇へと変化することから、ジオラマの透かし絵に似ているとも言えよう。オールティックによれば、ジオラマは一九世紀の前半に全盛時代を迎え、建物の内部とスイス風景に力点が置かれた。暗い映画館の内部に似ており、天井からの自然光を利用して驚くほどの光の変化を生み出した（一二章）。エグドンの描写がジオラマ的であることは、次のスイス風景のジオラマの記述から分かる。

スイスはザルネン渓谷の風景で、前景に湖、後景には雪をいただいた山々が見える。最初は静穏な夏の日の午後の風景だが、やがて嵐が近づいてくるにつれて、空は雲で覆われてくる。湖面では太陽の光をきらきらと反射していたところに暗い翳がさしてくる。湖に流れこんでいる小川の色調はどんよりと黒ずんでいき、山腹の雪は暗い空を背景に一層あざやかに浮きたつ。（一二一）

エグドンについても、黄昏時の、昼の光から夜の闇へと移行していく時々刻々の光の変化が描写されていた。蛍の光による賭博場面でジオラマに言及したように、冒頭のエグドンの場面もジオラマとみることが可能となる。すると読者はジオラマを意識した瞬間に距離ができ、エグドンの虚構性、崇高さを狙った人為性というものを意識させられる。エグドン・ヒースの描写の特徴がその大きさにあるとすれば、それは人為的に誇張されたものなのだ。

それでは、いかに人物を悲劇にふさわしくしたのだろうか。女主人公のユーステイシアは有名な「夜の女王」（一部七章）の章で、悲劇的登場人物にふさわしい威厳を帯びるべく神話化される。模範的な女神にふさわしい情熱と本能を持ち、アルテミス、アテナ、ヘラというギリシアの女神に喩えられる。異教徒の目を持ち、口元はギリシア、ローマの大理石の彫刻を思わせる。また、巨人族の神の一人としての威厳もある（一部七章）。ユーステイシアはこのように、神話化されスケールの大きい人物となる。

ところが、彼女のこの威厳は長続きせず徐々に小さな人物になってゆく。彼女は情緒不安定なロマンティックな女性で、神話の女神のように状況に介入し自分の意志を押しつける力を持たない。彼女は愛されることを望み、牢獄エグドンを去り、華麗なパリで贅沢なレディの暮らしを夢見る（四部一章）。ところが夫クリムを説得し自分の夢を実現することに失敗し、さらに夫の母の死に責任があったため夫との不仲が修復不可能となる。嵐の晩、彼女は前の恋人のワイルディーヴの力を借りてエグドンから逃げようとする。この時、悲劇の主人公らしく自分の苛酷な運命は自分の過ちをはるかに上回るものだと呪い、一応は宇宙の秩序に抗議する。しかしワイルディーヴはクリムとの結婚を破壊する価値があるほど偉大ではなく、金銭的な欠乏ゆえに今後は彼の情婦にならざるをえないと取り乱す。悲劇の主人公は苦しみを通して何らかの自己認識に到達し、その人間的大きさを感じさせるものだが、ここにはそれも見られない。彼女はプロメテウスに喩えられる時もあったが、アイスキュロスの描くプロメテウスが人類のために火を盗み一点の恥じるところもなく堂々とし、ゼウスの傲慢な権力に挑戦し反抗したこととは雲泥の差がある。彼女にはペイソスさえ感じられる。それをうまく表現しているイメージが表れているのは、ワイルディーヴと共にユーステイシアが、「エグドンという軟体動物から突き出た角」（一部九章）に喩えられた時で、卑小な存在になっている。

さてクリムは、パリで思想も学んだ知的な人間で村人たちを教育するために帰ってきたのだが、それだけでは悲劇の人物にふさわしい大きさがない。そこでクリムは、崇高で厳格な風貌のエグドン・ヒースの申し子として威厳を帯びることになる。擬人化されたエグドンとクリムの顔が類似した耐え忍ぶ顔を持つことにより、クリムはエグドン・ヒースの大きさを獲得する。

ところがクリムも悲劇の主人公らしい大きさを失い人物が小さくなる。クリムは母親のヨーブライト夫人の反対を押し切ってユーステイシアと結婚したが、パリ行きを切望する彼女との結婚はうまくいかない。また運悪くクリムは目の病気を患う。彼の教育計画は棚上げとなりやむをえず、妻が嫌悪するハリエニシダ刈り、つまり労働者になる。さらには妻と母の仲違い、妻と前の恋人ワイルディーヴとの関係の再燃などから、母親の死が偶然もたらされる。この不幸の連鎖の中、レナード・W・ディーン、ジョン・パターソン、リチャード・ベンヴェヌート[6]などの批評家が指摘するように、クリムは徐々に人物が小さくなる。彼のハマルティア［判断ミス］は妻が、自身の教育計画の助手にはふさわしくないと見抜けなかったことだ。また、母親の死に、妻と元恋人が関係していることには気がつくが、エグドンに物質的な繁栄以前に文化をもたらそうという教育計画が現実的でないことには最後まで気がついていない。彼の認識能力の不足が、彼が人間的に段々小さくなる理由であり、それは次のようなイメージで表現されている。

このようにハリエニシダの仕事に黙々と従事している人は、人生において昆虫ほどの価値しかないように思われた。彼は、ヒースの単なる寄生虫のようだった。蛾が衣服を蝕むように、日々の仕事においてヒースの表面を蝕み、仕事が生み出すものにすっかり夢中になり、シダ、エニシダ、ヒース、地衣類、苔類のこと以外、世界のどんなものも知らずにいる。（四部五章）

このように、クリムは昆虫、一人では生きられない寄生虫に譬えられており、卑小な存在へと貶められている。

自己および周りに対する認識の欠如は、物語の最後でクリムが野外の巡回説教師となる場面からも分かる。クリムはエグドンのレインバロウのみならず、町役場や市場、遊歩道や波止場、橋、納屋や物置小屋など、ウェセックスの町や村で説教をする。難しい信仰や哲学から離れ、善人を題材とする道徳的な話をするが、「彼はどこでも、ここちよく迎えられた。彼の生涯についての話が、広く知られていたからである」（六部四章）と言われ、決して大きな人物とはならない。ペイソスが漂ってしまう。村人たちの精神的な指導者どころか、同情と憐れみの対象なのだが、本人にはその自覚はない。エグドンの共同体から精神的に外れた人間が、説教をすることの滑稽さが浮き出ている。

三

『帰郷』を悲劇として見る場合、大きなものにプラス価値を与え、小さなものにマイナス価値が与えられていた。しかし、この作品には、小さなものの中にも価値を認める視点が描かれている。それは、顕微鏡が可視化する小さな生き物たちの世界である。一八七五年、「一一月二八日　木の下に座り、孤独を感じる。自分の周りにいる虫たちを、顕微鏡で拡大したように考える。象、空飛ぶ竜などのような生き物たち。そして自分は決して一人ではないと思う」(*Early* 141) と語り、顕微鏡的世界への関心を示している。この小さなものの世界とのつながりを持っている作中人物はクリムと母親のヨーブライト夫人である。

まずはクリムであるが、目が不自由になったため教育計画は諦めたが、ハリエニシダ刈りの仕事に幸福を感じた（四部二章）。無為徒食を嫌い、屋外の単調な仕事が目の回復を促し神経を鎮めるからであった。クリムは運命を甘受した。そんな夫の姿に、「彼は歌を歌って自分では満足かもしれない。しかし彼女には、屈辱的な職業に反発を覚えないのを知ると、教養あるレディである妻はひどく傷ついてしまった」（四部二章）。これは寄生虫の喩えの箇所のように人間が卑小化されたわけではなく、小さな人間がエニシダ刈りとして周りの自然と調和している姿を表す。彼は小さな生き物たちの世界で活動するのだ。

目の不自由なクリムが仕事中、自然と融合しているパストラル的な風景は大変美しい場面である。彼の全世界は顕微鏡的な小さな世界である。

彼の日常生活は奇妙な顕微鏡的な類のものであった。彼の全世界は彼を中心とした半径数フィートの範囲内におさまっていた。（中略）蜜蜂は彼の耳元で親しげにブンブンとうなっており、あまりにも大挙してヒースやエニシダの花々を引っ張るので、重みで花が地面につきそうだった。エグドンが生み出した不思議な琥珀色の蝶々で他では見られないものが、彼の息をする口元で震えており、彼の曲った腰に留まっており、彼が上げ下ろしする鎌の輝く先端と戯れていた。エメラルドグリーンのバッタたちは彼の両足の上で跳びはね、ぶざまにも背中から、頭から、腰から、下手くそな軽業師のように偶然にしたがい落ちていった。あるいはまたシダの葉の下で地味な色をした静かなバッタと騒がしくいちゃいちゃしていた。大きなアブは食料貯蔵室も金網も知らずに、まったく野蛮な状態で、彼の周りをブンブンと飛んでいたが、彼が人間だとは知らなかった。シダの茂る谷間を、この上なく輝かしい青と黄の装いをした蛇が滑るように出たり入ったりしていた。古い皮を脱いですぐの季節で、最も輝かしい色をしている。子どものウサギたちが巣から出てきて丘の上で日光浴をしている。（中略）どの動物も彼を恐れてはいなかった。（四部二章）

自分を中心とした半径数フィートが彼の全世界であるが、この小さなものの世界は顕微鏡的に拡大され、かえって豊饒のイメージを呈している。黄色い蝶、エメラルドグリーンのバッタ、巨大な蠅、あざやかな色彩の蛇、日向ぼっこしている兎がこの狭い世界の住人であるが、読者はこの世界を小さな世界とは感じない。この時にクリムが口ずさんでいる歌は、夜明けのみずみずしさと、恋人との後朝の別れを経験する羊飼いの悲しみを歌ったもので、牧歌的な雰囲気を漂わせている。小さな世界は大きな豊饒の世界になり、人間は幸福な一員となる。[7]これは、悲劇が人間を卑小な取るに足りない存在に描くのに対して、顕微鏡を使って大きな存在にしたてあげたようなものだ。言い換えれば、この作品では、悲劇の枠組みの中で働く大小の二項対立の世界、すなわち大きなものが肯定され、小さなものが否定される世界を、顕微鏡的な、人間をもその内部に含んだ、小さな生き物たちのパストラルの世界が転覆しているとも言えよう。

このように悲劇では蔑まれている小さなものに、顕微鏡は温かい光を投げかけている。顕微鏡という言葉は一九世紀半ばには定着し、メタファとしてもよく使われた。一九世紀はパノラマ、ジオラマ、写真の発明が示唆する視覚文化隆盛の時代で、観察を真髄とする博物学の流行が顕微鏡への関心を促した。当時の人々は、劇や小説のような俗な娯楽と違って、教育的、道徳的効果をもつ合理的娯楽である博物学に大変な魅力を感じていた。それをよく表すのが「顕微鏡の夕べ」という夕食後の娯楽の流行である。「動物学者のリチャード・オーウェン卿は時の宰相ロバート・ピール卿に招かれた折りに顕微鏡を携行してゆき、昼食後招待客全員を集めて、今食べたばかりの骨付き肉の残骸を眺めさせ、『煮た冷肉を切断すると、時に真珠層のごとく輝いて見えるのは何故か』を講釈したという」(バーバー 二一二)。自然の探求が神を深く知ることになるという当時の自然神学の考え方とも相通じていたことも博物学の人気の理由である。その自然の、小さな生き物の世界を探求するのに、顕微鏡はなくてはならぬものだった。[9]

ハーディも、博物学の流行に無縁ではなく、『帰郷』執筆の前に、有名な博物学者J・G・ウッド師の、『イングランド国内の昆虫』を読んでいたことが、抜き書きによって分かる (T. Hardy, *Notebooks* 32, 281)。ウッド師は、『田舎でよく見かけるもの』を一週間で一〇万部売ったという記録が残っているほど、売れっ子の博物学者だった (Merill 10)。ハーディは同じ著者による『よく見かけるイギリスの甲虫』、『よく見かけるイングランドの蛾』という二冊の本も所有していたようで、彼の博物学への関心が深かったことを窺わせる (T. Hardy, *Notebooks* 281)。

ハーディが描く昆虫などの顕微鏡的な生き物の世界をより微視的に説明した表現がウッド師の中にはある。

> 私たちは昆虫の中に多様な輝かしい色合いを見い出し、それはこの上なく華麗な花々でさえも到達できないレベルであるのだが、すべてを白日のもとにさらす顕微鏡のレンズのもとに置かれれば、もっとも面白味のない取るに足りない小さな昆虫が、自然の宝石として断然燃え上がっていることを見い出す。(*Insects at Home* 2)

クリムのパストラル的な小さな昆虫の世界はウッド師の言うように多様な色合いが自然の宝石を生み出す世界なのである。ハーディはウッド師と同じ感性を共有していると言えよう。

ここでパストラルの働きをもう少し考えてみよう。労働者に落ちぶれながら歌を口ずさむクリムを、レディたるユーステイシアが非難するのは、社会的な敗者としての悲劇的苦しみを夫が感じていないからだ。パストラルの住人となったクリムには、社会的に高い地位から低い地位に転落したという悲劇的意識がないので、悲劇の住人たるユーステイシアには我慢がならない。クリムは仕事に偉大さも卑小さもないと考えている。悲劇の主人公と違い、「神や運命に対して、プロメテウスのようには反抗しない」とクリムは宣言し、偉大な階層の人間に特に偉大な点はなく、私の仕事のハリエニシダ刈りにおいても特に卑小なものはないと言う（四部二章）。だから歌も歌えば、同業のエンシダ刈りの労働者とも対等につき合う。パストラルでは社会的野心やお金への執着は否定され、共同体の横のつながりが強調され、人間は対等である。したがってパストラルはエグドンの大きさが持つ威厳や偉大さとも、女神に譬えられるユーステイシアの威厳とも無関係であり、悲劇の世界の否定へとつながってゆく。

ヨーブライト夫人は現実的で、社会的な地位や家柄、財産にこだわる点において、リアリズムで描かれていると言ってよい。彼女は悲劇やパストラルの中心的人物ではないが、小さな生き物たちの世界と接触を持つことで大きなものに価値を置く世界に疑問符を突きつける。ヨーブライト夫人はユーステイシアと仲直りをしに、彼女の家をめざしてヒースを横切っていく途中、水たまりの中の小さな生き物たちの世界をのぞき込む。蜻蛉や蛆虫といった小さなものが嬉しそうにうごめく世界、顕微鏡的な世界に夫人は思いを寄せる（四部五章）。ここで夫人の前に展開しているのは、ウッド師の言う「別の世界であり、これまで我々が意識してこなかったもの」、「拡大鏡でもなければ見えないくらい、ちっぽけな昆虫でさえも、この世界で仕事をしている」様子であり、昆虫たちの世界には「人間的な情熱や情緒に相当するものがある」(2)。この微小な生き物たちの、生きる喜びを感じとった夫人は、息子夫婦との仲直りがうまくゆくだろうとまで思う。この生き生きとした小世界は、小さな物に否定的評価を下す悲劇をくつがえそうとする。

さて、このヨーブライト夫人は悲劇の主人公、ユースティシアにもクリムにも拒絶されている悲劇的ヴィジョンを得る。彼女は直感力のすぐれた女性なので、蟻の集落を眺める場面ではある自己認識を得る（四部六章）。仲直りに息子夫婦の家を訪れた夫人は、締め出されたと思って失意のうちに帰路につくが、その途中で蟻の集落を眺める。塔の頂上から町の通りでも眺めるように、重荷を背負った蟻たちの往来を俯瞰する。ここには小さなものの世界が再び現われているだけではなく、蟻の集落は擬人化されている。一九世紀の博物学の本が動物たちを擬人化して生き生きと面白く描いてみせることを競っていたことが反映しているのであろう（バーバー 一一三―一一五）。また、ハーディにはよくあることだが、上から俯瞰するパノラミックな眺めになっている点も見逃せない[10]。彼女は観察者として、ある意味で蟻にとっての神の視点に立つ。というのは、彼女は蟻たちが何をしているかをすべて見通しており、彼らの行動範囲、空間的世界を知り、時間的にも彼らの祖先に思いをはせることができるからだ。この観察者は、身体的にも蟻から見て巨大な存在と言ってよい。すると鷺が舞い上がって今度は彼女が見下ろされる立場に立つ。視点がかなり高いところに置かれ、地球に縛りつけられた彼女は地上の小さな点のような存在となる。観察される者としての彼女は神どころか、反対に小さな存在となる。ここでは、大小が、視点をどこに置くかによって相対的に決まってくること、絶対的に大きなもの、小さなものなどないことが分かる。つまり悲劇における大小の価値付けがここで相対化されていることが分かる。彼女は高空を舞う鳥の自由と幸福に憧れることにより、地上の厄介事に悩まされる自分の身の上を、重荷を背負い行き来する蟻の運命と重ね合わせるのだ。この詩的なイメージが啓示する人間存在に関する悲劇的洞察は、本来なら自由と幸福を奪われたクリムや、四人の苦しみを感じているユーステイシアにこそ相応しいものであるのに、二人には与えられていない。逆に、悲劇が否定的にとらえる小さなものの世界、その世界の豊かさを知っているヨーブライト夫人に、小さな世界を垣間見させることによって、束の間にせよ悲劇的洞察が与えられたということは、アイロニカルと言ってよいだろう。

四

ハーディは古典悲劇の作法に従い、エグドンを崇高な大きなもの、観察者を意識した美的対象、ジオラマ的な風景として提示し、エグドンの大きさの虚構性を読者に認識させた。また人物は神話化されるか、エグドンと同一視され威厳を帯びるが、徐々に運命に翻弄され卑小な存在になっていった。このように悲劇では大きなものにプラス価値、小さなものにマイナス価値が置かれている。しかし、それを転覆するのが、顕微鏡が明らかにする小さな生き物たちの豊饒な世界である。このパストラル的世界は価値の大小を否定し水平化する視点を与えてくれる。また蟻のコロニーの場面では、パストラルな小さなものの世界が、逆に悲劇的認識を生み出すというアイロニーが生まれていた。ピーター・コンラッドは、ヴィクトリア朝の作家たちがロマン派から受けた恩恵の一つとして、「自然はいかなるジャンルも規則も知らないという確信」(一二)をあげ、さらに細部に対するこだわりについて論じている。ハーディは悲劇というジャンルが主張する大小の価値の二項対立に対して、もっと自由を主張したかったのだろうか。そして光学器械が可能にした小さなものの世界が細部に対する彼の時代的関心と一致して、彼の想像力に働きかけ、大小の価値序列を転覆するのに役に立ったということだろう。そのおかげで読者は単なる古典悲劇のものまねではない、複雑で豊かな小説を読むことになったのではないだろうか。

注

本稿は、一九九九年日本英文学会第七一回大会(於松山大学)において発表したものに加筆修正を加えたものである。

1　テキストはウェセックス版を使用。諸版がある中、ウィーラーは『帰郷』について四種類の物語を識別している。雑誌連載、諸版、全集版についてのテキスト批評はサイモン・ガトレルとティム・ドリンが平易で優れている。また、引用文献中、*The Life of Thomas Hardy 1840–1928* は、*The Early Life of Thomas Hardy 1840–1891*. London: Macmillan, 1928. と、*The Later Years of Thomas Hardy 1892–1928*. London: Macmillan, 1930. の合体本である。かっこ内傍証にはページ数だけでなく、*Early* か *Later* を明記する。

2　他の光学器械としてユーステイシアの望遠鏡もあるが、悲劇的主人公の無聊や好奇心、窃視癖を表し、本稿のテーマとはずれるので取り扱わない。

3　ハーディのジオラマに対する関心は建築家としての関心からきている (Lowe 149)。

4　ハーディが伝統的悲劇を物語用に変奏した点、アリストテレス詩学のハーディへの影響についてはロッドを参照。古典的悲劇の約束事と一九世紀の悲劇的リアリズム小説の関係についてはキングを参照。またアリストテレス詩学における悲劇の定義、セネカから現代までの悲劇の簡潔な歴史はエイブラムズを参照。

5　ノウルズはハーディ小説の下層階級によるコミック・リリーフをバフチーンのいうカーニバルとみる。

6　パストラル小説は都会と田舎、自然と人工、素朴と洗練を対照し、黄金時代への郷愁と田舎への逃避が特徴。特に古典時代以来の「心地よき場」(Locus Amoenus) は、小さな辺鄙な閉鎖的パストラル世界とその美を表現する言葉である (Squires 1–21)。ギフォードは反パストラルの流れに加え、エコクリティシズムとの関係にも言及している。

ディーンは、『帰郷』が英雄的な悲劇の要素を利用していながら、主人公たちは小さくなりペーソスとアイロニーの対象になると言う。パターソンも『帰郷』はギリシア悲劇に比肩すべく、その規則（高貴な身分の主人公、時と場所の一致、五幕もの）に従ったが、クリムは悲劇の高みに到達しておらず、プロットも偶然が支配的で必然性に乏しいと言う。ベンヴェヌートは、六部は高尚な野心が崩壊する痛切な場面であり、クリムが伝統的悲劇の持つ安堵感または情緒的な避難所を拒否され、破壊的な情念を消尽し小さな人物になっていると言う。

7　顕微鏡はそれまで知覚してこなかった弱弱しいものやまばゆい色あいを持ったものを人間の視界に入れてきた (Allen 129)。

8　バーバーによれば、ウッドは、博物学の合理的娯楽の側面（二八―二九）、自然な状態における観察が生物の真の美しい姿を提示すること（五八）、動物の不滅の霊魂（一一三）について語っている。

9　博物学の守備範囲は広く、身の回りの狭い小さな世界の植物や動物だけではなく、岩石、化石、山、海という広い世界、いわば顕微鏡的な世界からパノラマの世界までを含み、風景、気候、植生、色、光まで扱うという (Merrill 15)。

10　ヴィクトリア朝パノラマ文化については高山参照（九―四二）。気球飛行と俯瞰への憧れについては富山、一章を参照。

引用文献

Abrams, M. H. and Geoffrey Galt Harpham, eds. *A Glossary of Literary Terms*. 11th ed. Stamford, CT: Cengage Learning, 2015.

Allen, David Elliston. *The Naturalist in Britain: A Social History*. Harmondsworth: Penguin, 1978.

Benvenuto, Richard. "*The Return of the Native* as a Tragedy in Six Books." *Nineteenth- Century Fiction* 26.1 (1971): 83–93.

Deen, Leonard W. "Heroism and Pathos in Hardy's *Return of the Native*." *Nineteenth-Century Fiction* 15.3 (1960): 207–19.

Gatrell, Simon and Tim Dolin. "Editing Hardy Now." *Thomas Hardy Journal* 27 (Autumn 2012): 127–50.

Gifford, Terry. *Pastoral*. 2nd ed. London: Routledge, 2020.

Hardy, Florence Emily. *The Life of Thomas Hardy 1840–1928*. London: Studio Editions, 1994.

Hardy, Thomas. *The Literary Notebooks of Thomas Hardy*. Ed. Lennart A. Björk. Vol. 1. London: Macmillan, 1985.

——. *The Return of the Native*. Wessex Ed. 1912. London: Macmillan; New York: AMS P, 1984.

——. *Two on a Tower*. Wessex Ed. 1912. London: Macmillan; New York: AMS P, 1984.

King, Jeannette. *Tragedy in the Victorian Novel: Theory and Practice in the Novels of George Eliot, Thomas Hardy, and Henry James*. Cambridge: Cambridge UP, 1978.

Knowles, Ronald. "Carnival and Tragedy in Thomas Hardy's Novels." *Thomas Hardy Journal* 21 (Autumn 2005): 109–24.

Lothe, Jakob. "Variants on genre: *The Return of the Native, The Mayor of Casterbridge, The Hand of Ethelberta*." *The Cambridge Companion to Thomas Hardy*. Ed. Dale Kramer. Cambridge: Cambridge UP, 1999. 112–29.

Lowe, Charles. "'A Complete Diorama': The Art of Restoration in Hardy's *The Return of the Native*." *Hardy Review* 4 (Winter 2001): 148–55.

Merrill, Lynn L. *The Romance of Victorian Natural History*. Oxford: OUP, 1989.

Paterson, John. "An Attempt at Grand Tragedy." *Hardy the Tragic Novels*. Ed. R. P. Draper. London: Macmillan, 1975. 109–18.

Squires, Michael. *The Pastoral Novel: Studies in George Eliot, Thomas Hardy, and D. H. Lawrence*. Charlottesville: UP of Virginia, 1975.

Wheeler, Otis B. "Four Versions of *The Return of the Native*." *Nineteenth- Century Fiction* 14.1 (1959): 27–44.

Wood, J. G. *Insects at Home: Being a Popular Account of British Insects, Their Structure, Habits and Transformations*. London: Longmans, Green, 1892.

オールティック、R・D『ロンドンの見世物II』、浜名恵美他訳、国書刊行会、一九九〇年。

コンラッド、ピーター『ヴィクトリア朝の宝部屋』、加藤光也訳、国書刊行会、一九九七年。

高山宏『殺す・集める・読む　推理小説特殊講義』、東京創元社、二〇〇二年。

富山太佳夫『空から女が降ってくる　スポーツ文化の誕生』、岩波書店、一九九三年。
バーバー、リン『博物学の黄金時代』、高山宏訳、国書刊行会、一九九五年。

第一〇章　ユースティシアとボヴァリー夫人

髙橋　和子

一

崇高美をみせるエグドン・ヒースの世界は、天を突いて高く燃え上がるボンファイアーの明かりさえ暗くして、天上から差し込む光は見えない。それはトマス・ハーディのペシミズムや不可知論の故なのであろうか。彼はそこに自分の創造した操り人形たちを住まわせて、生き生きと描写し、当時のイギリスの思想、社会、道徳などへの問題提起を試みている。

『帰郷』発表後、かなり経過してから、ハーディは次のように述べている。

生きるということは、生理的な事実ですから、その正直な描写は主に、一例をあげれば、両性の関係に関わるものにならなければなりません。「彼らは結婚し、その後ずっと幸せだった」といった決まり切った終わりによって最も良く表現される、誤った潤色に都合のいいような破局・大詰めを、ありのままの性関係に基づいた破局・大詰めに置き換えるようにするべきです。こうした可能性に対して、イギリス社会はほとんど乗り越えることのできない障壁を設け

ています。(インガム　一六二)

ヴィクトリア朝時代における性関係の表現の不自由さを嘆いているが、『帰郷』では、正にその問題に挑んでいるのだ。『帰郷』は単なる恋愛小説ではない。

人間は動物の種の一種に過ぎない存在である、といったダーウィニズムの思想に共鳴したハーディにとって、その本能の一つ、性欲に通じる問題は特殊なものではなかったはずである。しかしながら、時代は未だ先にハーディが嘆いたような次第であり、彼はその表現には細心の注意を払い、何回か書き換えたりして、曖昧な用心深い表現を試みている。本稿ではその隠された性について特に強い光を当てて論じたい。性的不能者やオイディプス・コンプレックスの人物についてである。

二

翼を持ったスフィンクスの難問に対するオイディプス王の答のような三本足の老人、ヴァイ大佐と、デイモン・ワイルディーヴの妻になろうとしているトマシン・ヨーブライトを乗せた馬車を引くディゴリー・ヴェンが一部二章に登場する。そして燃え上がるレインバロウの上の炎の赤、その向こうに立つ一人の女の姿、一一月の祭りは夜の空を焦がす。村人たちは火を囲み、踊り、歌った。やがて噂話へと彼らの話は弾む。ヨーブライト夫人が、教会で姪のトマシンとワイルディーヴの結婚に反対したこと、二人は年齢が違いすぎ、ワイルディーヴは素行が良くないとか、女なら誰でも結婚したいと思う男、それでも今日結婚式を挙げたはずだ、といった噂話は、やがて女が決して結婚したがらない男の話へと移っていく。

月の出ない日に生まれた男は結婚できない。そういう男は全ての女に嫌われるからだと。その話を聞いてガタガタ震えているクリスチャン・キャントル、キャントルじいさんの末息子である。


「おいらがその男」

「どんな男かい？」

「どの女も結婚しない男」

「何でお前が！」とティモシー・フェアウェイは言った。（一部三章）

さらにフェアウェイが「お前は何でそんな不幸なことをばらしたんだい、クリスチャン？」と尋ねると、彼は「そうなら、そうなんだろ。どうしようもねえよ」と答える。クリスチャンは、皆の前で気にしていないと言ったり、やっぱり気にしていると言う。ヨーブライト夫人に「おいらが自殺するんじゃないかと思うでしょう？」と訴えるが、夫人の答えはそっけない。「お父さんとは違うのねえ」だけである。三一歳のこの男、クリスチャンは雑役夫としてヨーブライト夫人のもとで働いている。彼の今は亡き母は、月の無い夜に生まれた息子の行く末を、兵隊になる日のことなどを心配していたとキャントルじいさんは言う。クリスチャンは「おれは人間の残骸にすぎねえ、人の役に立たねえって言われるけど、これが原因なんだ」と落ち込むが、「去勢ヒツジだってほかのヒツジと同じで生きなければならないからな」とフェアウェイに言われて、「それじゃ、おいらもやっていくのかな。夜も怖がらなくてもいいのかな」（一部三章）と少し元気になる。

キャントルじいさんとその妻は、このような息子を生みたかったわけではない。人間にはどうする術もない自然現象の一つであり、不条理な世界を、ハーディは先ず取り挙げて見せている。人は慰めの言葉をかける以外に何の保証もすることはできないのである。せめて彼らに神への信仰心が少しでもあればと考えても、ハーディの語る農民たちは、教会へはもはや冠婚葬祭の時以外は行かない。それ故、結婚できなくても、子供ができなくても、真面目に神さまに従って生きてさえいれば、きっと天国では幸せになれるからと慰めるわけにもいかない。性的不能者で結婚できないこのクリスチャンの未来は、どう見ても明るい幸福なものではないようだ。ピーター・J・カサグランディもクリスチャンの性的不能について、論じている(138)。

性本能に欠陥がある場合の村人の例を挙げ、たった一つの欠落があっても、人間の幸、不幸を左右する重大な問題であることを、ハーディは小説の冒頭で示唆している。真に理不尽な、不公平な事柄なのである。その上、人間にはその解決の術がまったく無いということ、正に宿命的である。

人々は天上の世界を夢見ることができないことを悟ると、地上の世界に目を向け、世俗的な幸か不幸かが重要になる。その幸福の実態は知られないが、人々の人生の目標は幸福になることであり、それに向かって歩むこととなる。

三

著名な学術ジャーナルの中で、クリストファ・ヘイウッドは『帰郷』の源泉は、扇情小説作家として有名なメアリ・エリザベス・ブラッドンの『医者の妻』(一八六四)であろうと推論し、登場人物の相似関係を挙げ、その根拠とした(94)。『医者の妻』の中の、リン・ピケットの序文によると、そのミス・ブラッドンは『医者の妻』に関して、ギュスターヴ・フローベールの『ボヴァリー夫人』になぞらえて書いたものであることを認めている(viii)。彼女は多作家で、それまでに八〇冊以上もの扇情小説を書いたが、盗作家としても有名であった。『医者の妻』のヒロイン、イザベラは夫を愛さず、ユーステイシアの場合と違い、自ら夫婦関係を拒絶し、恋人とも性的関係は無い。彼女は多くの本を読んだが、ミス・ブラッドンはそれらの本について詳しく書いている。またイザベラの夫はヨーロッパ帰りで、クリムと同様、社会の改良について考えている。このように、『帰郷』の人物やプロットは確かに『医者の妻』と、その元となる『ボヴァリー夫人』に負うところが多い。

当時の批評誌は『帰郷』について次のように述べた。要点のみ示す。『アシニーアム』誌は、物語の展開は三角関係のもつれであり、ユーステイシアはエンマ・ボヴァリーと同じクラスに属しているということである。イギリスの世論は、小説家にこのような事柄を表現することを許しはしなかった (Clarke 105–06)。『アカデミー』誌によれば、ハーディの作品には、ある種ユーゴー風の不道徳なものがあるが、この世代の小説の中では高い地位を占め、賞賛すべき作品だ。狂気に満ち、フランス的だ。女性と情景描写は誰もなしえなかったほど優れている (107–08)。『スペクテイター』誌は、農民たちの話は本物として受け入れられない。暗さ故に悲劇的で、作家の陰うつな宿命論に付き合わされるという悲劇 (114–17) などと報じた。

ボヴァリー夫人と同じクラスに属すユーステイシア、ユーゴー風の不道徳な作品、狂気に満ちフランス的といった評を煎じ詰めると、ハーディは当時あからさまにイギリスでは表現できない事柄、すなわち性的な関係を表現したということではないだろうか。

もう一つ批評家たちがフランス的なものに嫌悪を感じる理由は、イギリスは当時、産業界では世界をリードしていたが、文学的な面ではフランスに対抗意識を持っていたのかも知れない。それにしても一八世紀のフランス文学は、非常に不道徳なものを扱ってきたことも事実である。アベ・プレヴォーの『マノン・レスコー』やジャン＝ジャック・ルソーの『新エロイーズ』などが、その典型であろう。

四

『ボヴァリー夫人』は、一八四六年、ギュスターヴ・フローベールにより発表された有名な姦通小説である。フローベールは良俗を害し、宗教を汚すものとして起訴されたが無罪となった。この裁判事件は、一躍作者の名を高め、イギリスでも大評判となった。小説は読まなくとも、誰でもそのスキャンダルだけは知っていたようである。

ハーディは『はるか群衆を離れて』（一八七四）を発表すると、長い間待たせていた婚約者、エマ・ギフォードと結婚式を挙げた。二人は一〇日間の新婚旅行の中、五日間をルーアンとその近郊で過ごした (Millgate 151–52)。妻エマの日記によれば、クロワッセの近くで、ハーディは新婚旅行中に隠者のように働いていた (Langston 72) とある。

クロワッセとは、フローベールが、四年半の間籠り、『ボヴァリー夫人』を書き上げた別荘があった、実にその場所である。ルーアンはフローベールの生地であり、生涯のほとんどをここで過ごした。また、この小説のヒロインのエンマが少女時代をここの修道院で送る。二人目の姦通の相手、レオン・デュピュイと毎週逢瀬を重ねたのもこの地である。新婚旅行中のハーディの熱心な作業から推測できるように、それは彼が並々ならぬ興味をこの地に抱いていたことを物語ると共に、彼はこの時すでに『ボヴァリー夫人』をフランス語で読了していたという証にもなるだろう。英語版はまだ出ていなかったからである。ハーディはユーステイシアの造形の多くをこのボヴァリー夫人、すなわちエンマから直接借用している。表面的には全てを、内面的には部分的に取り入れている。では、この二人の女性について詳しく検討してみたい。

第一に二人は美人である。背は高く、肌は浅黒い。豊かな黒髪を両肩にたらし、火と燃える情熱的な、異教徒的な黒い瞳、時々青くも見える。見事な弓型をした眉毛、ギリシア人を思わせる鼻。これにハーディはギリシア神話の女神たちの名を連ねて形容している。ユーステイシアの父は、後に、ケルキラ島出身と書き加えられたが、異教的な部分を強調したかったのであろうか。エンマとユーステイシアの容貌は、ロマン主義時代における宿命の女＝ファム・ファタール、正に魔女の後裔であり、その性的魅力の故に危険な存在なのである。プロスペル・メリメのカルメンやアレクサンドル・デュマ・フィスの椿姫もこの系譜に属す。そして、彼女らの特筆すべき点は、優雅なふるまいをしたことである。カルメン以外は。

二人の育った環境はと言えば、あまり満足なものではない。エンマは一五歳で母を失い、父親と二人暮らしで、ユーステイシアも少なくとも一七歳になる以前に両親を失い、祖父と二人暮らしである。彼女らは思春期の女性にとって必要な、母親による躾や、深い無私の愛情を欠いている。これが将来にさまざまな影響を及ぼすことになる。だが、学校教育は当時の男性優位の社会の中では最高のレベルのものを受けている。

エンマは一三歳になると、有名な修道院の寮に入れられ、宗教的な環境の中で、立派な良妻賢母となるための仕込みを受けた。地理、絵の心得、つづれ織りを織ること、ピアノを弾くこと、ダンスなど。ユーステイシアの教育について、ハーディは具体的に示してはいない。ただ教育に多額の費用を必要としたが、父親では支払いきれず、祖父がその費用を負担し、高い教育を受けさせたとある。ナポレオン・ボナパルトや征服王ウィリアムへの彼女の崇拝は、その学校教育の故だと記されている。大好きなダンスも学んでいるが、ピアノについては一切触れていない。クリムが帰郷の目的である学校開設のため、ユーステイシアには十分な教育があるから、彼の役に立つと考えた程である。

ヒロインたちは美人であるばかりではなく、高い教育も授けられ、ある程度の教養はそなえていたことがわかる。もう一つ、非常に重要なことに読書がある。エンマは一五歳頃から小説の世界に入り込む。禁を犯して寝室で深夜まで、あらゆる本、特に恋愛小説に読み耽る。『ポールとヴィルジニー』やオノレ・ド・バルザックとかアルフレッド・ド・ミュッセやジョルジュ・サンドなどの小説であった。いずれもパリでの甘い恋愛生活を描写したものである。エンマは毎日、誰か白帆を掲げて迎えに来てくれないものかと夢みて過ごした。ユーステイシアもまた、その読書量は誰にも負けない。パリへの憧れ、パリについての知識などは全て読書により得たものである。祖父のヴァイ大佐は「たぶんユーステイシアだって頭の中のロマンティックな、戯言が少なければ、あいつにはよかったんだ」（二部一章）と嘆いている。

二人は共に一九歳で結婚する。だが、その前にユーステイシアのワイルディーヴとの性的関係についても述べなければならない。彼女は両親を失い、一七歳の頃までに、バドマスのにぎやかな街から、人里離れたこの寂しいエグドン・ヒースに住む祖父のもとに引き取られた。祖父は他人に迷惑をかけない限り、何をしても良い、だがズボンだけは、はいてはいけないと自由放任主義をとるのである。彼女は夜一人でエグドン・ヒースを歩き回り魔女と呼ばれる。その上、あのワイルディーヴと性的関係を持つのであった。気も狂わんばかりに愛されることを望んだが、観念的なもので、恋を恋するものであった。そのため、ワイルディーヴを理想化し、その場限りの空白を埋めていたと言える。彼女はおそろしい孤独と暗闇の中から脱出するために、自分でもよくわからない情欲に突き動かされて行動したのであった。しかし、ハーディはこうしたあからさまな肉体関係の表現について、総じて慎重な態度であった。一八七八年のスミス・アンド・エルダー社版では "as if I [Eustacia] had never been yours" であったが (Gatrell xxxi, 62)、一八九五年のオズグッド版では "yours" が "yours body and soul" に変更され、その改訂版では "yours life and soul" に変更された (Higonnet xv; Pinion 7)。その後、一九一二年のマクミランのニューウェセックス版で "yours life and soul so irretrievably" に変更されている (Gatrell 420)。こうした度重なる修正を見るにつけ、ハーディの作家としての苦慮が推察できよう。[1]

五

次に、二人の結婚生活の経過を探る。まずエンマの場合は、父の骨折を治療するために往診に来た田舎の医者、三六歳のシャルル・ボヴァリーと結婚する。彼はその前に未亡人と一度結婚し、死に別れている。エンマは父親を通しての彼のプロポーズをたった一時間足らずで決める。外見上シャルルには嫌悪する点はなかった。いざ結婚してみると、それは少女時代から憧れていたあの幸福なものとはまったく異なっていたのである。自分の一生で一番楽しいはずの時、これが蜜月なのか。何だか違っているように思えたが、それをどう言い表してよいのかさえ、彼女には言葉が欠けていたのだった。シャルルさえその気になってくれたら、察してくれたら、ただの一度でもシャルルの目が自分の思いとしっくり合ったら、ちょうど熟れた果実が手を触れると木から落ちるように、たちまちこの胸からもげて落ちるのにと感じる。シャルルの話は月並みで何の感動も笑いも夢もない。彼は水泳もしなければ、剣術も、ピストルも使えない。男とはそんな者ではなく、何でも知っていて、何でも良くできて、情熱的な力にも、洗練された生活にもこちらを導いてくれるはずではなかったのか。けれど、この人は何も教えてくれないし、何も知らないし、何も望みもしない。彼女はその胸を夫への不満でいっぱいにした。ところが夫の方はエンマを愛し、幸せだったのだ。エンマは彼のその幸せを憎んだ。

エンマは時々デッサンをした。シャルルはじっと満足そうにそれを見た。エンマのピアノも彼を満足させた。けれど、エンマはヒステリックにピアノのキーを叩き、窓が開いていれば村のはずれまでその音は届くほどであった。彼女は平凡な何の変哲もないこの生活に苛立ち、不満を募らせていた。その頃、一通の舞踏会への招待状が舞い込み、ダンデルヴィリエ侯爵邸へ招かれた。エンマはそこで貴族社会の豪華なディナー、その後、夜中まで続く舞踏会に酔いしれた。そしてこの夜が明けないようにと願うのだった。翌日、先を急ぐ貴族の馬車が落としていったシガー・ケースを拾い、エンマはその絹張りのケースの持ち主はきっとパリへ行ったにちがいないと想像した。彼は今パリにいる。遠いパリに！　パリとは一体どんな所だろう。パリ！　何と大きな感じのする名！彼女はその後、毎日のようにシガー・ケースを取り出してはその臭いを嗅ぎ、パリの名を小声で繰り返した。

長い間待ち焦がれていたあのダンデルヴィリエ侯の次の舞踏会の招待状は、一〇月を過ぎても来なかった。エンマはだんだん肉体的にもおかしくなり青ざめ、動悸がし、身動きができない。シャルルは、エンマの症状をルーアンの旧師の診断に仰ぎ、神経症であることがわかった。転地を決め、ヌーシャテル郡のヨンヴィル村へ移住する。

さて、ユースティシアの方へ目を移そう。ワイルディーヴと肉体関係まで持ったユースティシアだったが、やがて彼はトマシンと結婚する。その頃までに村人たちの噂話で、クリムの帰郷の話を耳にした彼女は、パリから帰省する男性と聞いただけでひどく興奮したが、村人たちが二人は教養も釣り合い、似合いの夫婦になるだろうと言うのを聞くと、眠ることさえできずにパリとクリムとの結婚生活を思い描いた。ヴェンからトマシンのためにワイルディーヴを手放して欲しいと乞われた時、「私は彼を諦めない——絶対に」（一部一〇章）と答えたあの彼女ではもはやない。ワイルディーヴなんてもうどうでもよいのである。クリムのことで頭をいっぱいにしている。

一方、クリムは母親ヨーブライト夫人の願いとは違い、一時帰国ではなく、パリを見捨てた挙句の帰郷なのであった。「でもぼくの仕事は嫌いなんだ。死ぬ前に、何か価値のあることがしてみたいんだよ。学校の先生になればできると思う――貧しくて無知な人の先生にね、他の人がやろうとしないことを彼らに教えるんだ」と言って母親を失望させる。クリムは「ぼくは金持ちの女たちや、貴族の道楽者たちとキラキラ輝くものなんか取引して、卑劣な虚栄心を満足させていたんだ。（中略）このことでは一年中悩んできたよ。その結果、この仕事はこれ以上できないと思ったんだ」（三部二章）と訴える。母親はクリムに金持ちになり裕福な生活をし、幸福になって欲しいという強い打算と願望があったが、それはみごとに砕かれてしまう。

ヨーブライト夫人が副牧師の娘でありながら小農場主と結婚したのは、階級差がないわけではないエグドン・ヒースの地では何か深いわけがありそうだが、はっきりしない。少なくともクリムにとってこの母親は絶対的な特別な存在であった。「どうしてあなたは、他の人のようにうまくできないの？」と咎められた時、クリムはその理由を自分の身体的な問題なのだとしている。ここは非常に重要な事柄だと考える。「わからないよ。（中略）一つには、ぼくの体は、ぼくにあまり要求しないしね。おいしいものだって、食べたくもないし、よいものだってぼくにはむだだ」（三部二章）。食欲も物欲もない。そして性欲も体が要求するものだが、それもないと言っているように思える。クリムはオイディプス・コンプレックスの持ち主であると考えられる。

その彼は、母が魔女であばずれ女だと呼んでいるユースティシアと、結婚するのである。母の反対を押し切ってのことだ。五年のパリ生活を経て、三〇歳近い男が一九歳の美人に魅せられ、また彼女の教養が自分の学校経営に役立つだろうという打算も手伝い、母と喧嘩別れをして家を出る。結婚式に母は出席しなかった。クリムはユースティシアにパリには帰らないと言明しているが、ユースティシアは結婚すれば、自分の力によってそれを変えさせるものと自負していた。六ヶ月後にはバドマスに家を構えるまで、オールダーワースの小さな家で我慢をすることを条件として、ユースティシアはプロポーズを受け入れた。クリムは教師の資格を取るために読書に根を詰め、眼を病み半盲となる。もはやしばらく本は読めず、この計画は危うくなる。クリムの眼は治る見込みはあるのか。あの美しいパリへの夢の実現はありそうもない。彼女は一人庭に出て絶望の涙を流した。

ユースティシアもエンマも結婚生活に失望する姿が見て取れる。彼女らの読書による架空の世界のロマンティックな夢と、現実の世界の落差はあまりにも大きい。二人の生き方はこの辺までは同じような歩みであるが、次のステップからはまったく似ていない。共通点は夫への不満だけである。

六

エンマ夫婦は転地療養先のヨンヴィルへ着いたその夜、すぐ近くのレストランで夕食を済ます。その後、疲れたシャルルは暖炉の前で眠ってしまう。その間エンマは初対面の若い見習い書記のレオンと文学談義に花が咲き、やがてプラトニックな恋に落ちる。そのため、彼女の不満が少し和らぐ。その上、まもなく女児も生まれ、彼女は忙しくなる。乳母の家までの往復をレオンと一緒に歩くのを楽しんだ。健康なシャルルは定まった夫婦関係を持ったが、それは言わば単純な夕食の後のわかりきった口直しのようなものであった。エンマにはそれが大いに不満だった。こんなみじめな日がいつまで続くのであろうか、公爵夫人たちは自分より体形も良くないし、物腰にも品がなかった、それなのにと神の不公平を憎み、壁に頭を持たせて泣いた。レオンもやがて勉学の理由でパリへ発ってしまったのである。また空ろな日々が続く。

そこへ現れるのが色事師の田舎紳士ロドルフ・ブランジェである。シャルルはエンマへの乗馬の指導を彼に頼む。その結果、最初の日、エンマは彼の誘惑に負け、体を許す。その夜、彼女は鏡に自分の姿を映し、その変化を見、これこそが今まで願った恋愛だと真から思うのだった。彼女に罪の意識はまったくない。その後も不倫関係は度重なるが、やがてロドルフの眼にエンマの衣装はわざとらしく、その流し目はいかにもあさましく思われるようになる。その頃、エンマの発案により、娘ベルトを連れ、パリへ向けて駆け落ちを約束した。彼らの関係はもはや色あせた普通の夫婦と変わらないものとなっていた。馬車を駆って出発のその日、駆け落ちができない理由と絶交の手紙がロドルフから届けられ、彼女は再度あの神経症を引き起こす。長い治療の時を経て、ようやく快方に向った頃、シャルルは気晴らしにエンマとルーアンへオペラを観に出かけた。『ランメルモールのルチア』で、エンマはそのウォルター・スコットの原作を読み、ストーリーは知っていたのだった。その劇場で、今は立派な紳士に成長したレオンと再会するのである。

以後、シャルルに気づかれないよう、エンマはルーアンでのレオンとの密会を毎週のように重ねた。年下のレオンを失わないためにと、まるで大公妃のように散財を重ね、借金は山と積まれた。彼女はもはや煩悩の犬と化した。そして、彼女はこの頃には、小説が全て虚偽であることを悟っている。そのうちに手形の決済の日が来て、どうにもならないことが解った時、彼女は砒素を仰ぎ自殺を図る。エンマの死後、残されたシャルルは彼女の文箱の手紙を読み、初めて彼女の過去の全てを知ったのである。借金の始末のため馬を売りに行き、そこでロドルフと会い、「そうです。私はもうあなたを恨みはしません」、「運命の罪です」（三部一一章）と言う。翌日シャルルはエンマの一房の髪を握りしめながら、残った力を出し切り息絶えるのである。誠実な愛を生涯妻エンマに持ち続けたシャルルであったが、エンマの欲望を満たすことは不可能であった。彼女はとうとうパリに行きつくことは無かった。私は幸福ではない、ついぞ幸福だったためしがないと不満を抱き続けたのである。

次にユースティシアに移ろう。クリムの眼病はすぐには治る見込みは無い。ただ彼には歩き回るくらいの視力は残っていた。彼女のあの美しいパリへの夢は現実味を失い、日が経つにつれ彼女は悲しみに暮れた。一方で、クリムはハンフリーの助けを借り、毎日の食べる足しにと、エニシダ刈りの仕事に就く。ユースティシアの反対を振り切り、朝四時起きの肉体労働に就く。出世欲のまったく無い彼は質素な生活を正当化した。ユースティシアは、ある時クリムの様子を見に出かける。驚いたことにクリムは楽しげに歌を口ずさみながら仕事をしていたのである。「そんなことをするんなら飢え死にした方がましよ！」、「祖父のところへ帰って住むわ！」（四部二章）と、たった二ヶ月で別居の宣告である。彼女の階級意識と誰よりも高いプライドのために、こうするしか方法は無い。だがクリムは、人生の生き方に特に偉大なものがあるわけではないことや、労働に貴賤は無いことを説明して冷静に彼女を諭す。そして少しぐらい歌っても良いではないかと。だが彼女は納得できない。フランス語やドイツ語が操れるほどの者が肉体労働など絶対すべきではないと訴える。ユーステイシアは疲れ果て、そのうち全てに無関心になる。黄金の後光に包まれた英雄は、褐色の革に身を包んだエニシダ刈りの貧乏人に変わってしまったのだ。

ユーステイシアの不満の本質とは何であったのだろうか。それは、次のダンスの場面で明らかになる。八月の終わり、ユーステイシアはイースト・エグドンでのジプシー踊りに一人で出かける。偶然ワイルディーヴと会い、舞踏の輪の中で皆と一緒に踊る。彼女の死んだようになっていた体にまた新たな生命が入り込み、ワイルディーヴの腕の中で恍惚となる。「この熱帯の感興と比べると、この垣根の外では彼女は北極の氷の中に閉じ込められていたのだった」（四部三章）。北極の氷とは、クリムとユーステイシアの仲を言い当てている。二ヶ月前の、ただ二人で居ればそれでよかったあの仲睦まじさはどこに行ってしまったのか。翌日、彼女は労働のため疲れて眠る夫を前にして、訪れたワイルディーヴに言う。クリムは理想主義者で、外面的な事柄には無頓着、使徒パウロを思い出させる。パウロは聖書の中ではすばらしいが、実生活ではほとんど役に立たなかっただろうと（四部六章）。イチジクを求めてアザミをつかんだとも。パウロはあのダマスコ途上で盲目となる事件からキリストの弟子になって以来、妻帯した記録は聖書に載ってはいない。それ以前のことは不明である。ただ伝道者としてイスラエルからはるばるローマまで行ったのである。身も心も精力的な人物と考えられる。

パウロを例とするのには無理があるかも知れないが、ユースティシアの言いたい実生活とは何を指すのか。夫婦生活について述べているのであれば、クリムはオイディプス・コンプレックスの持ち主であるため、情熱的で本能的なユースティシアを満足させうる夫婦関係を持つことは不可能だったであろう。そういう理由であれば、「北極の氷の中」とか「熱帯の感興」といった表現にも納得がいく。ハーディの筆の冴えが最も感じられる箇所でもある。

丁度この時、ヨーブライト夫人が息子夫婦との和解のため、暑い中、馬車にも乗らず、歩いてやってきてドアを叩く。ユースティシアはそれが義母だとわかると開けようとしない。あの五〇ギニー問題での口論が忘れられなかった。その時クリムが「お母さん」と言うのを聞いて、彼女は義母に見られないように、ワイルディーヴと他の部屋に行き、次のノックにクリムが応対すると思い込む。しかしクリムは眠り続け、ドアは開かずであったのだ。クリムは母の家を出て以来、母と和解しなければと願いつつそれをしなかった。クリムは目覚め、そして、母を訪ねる途中で瀕死の母を発見した。しかし、母の死をどうすることもできなかったのだ。

何故彼女がこんな場所で蛇にかまれたのか、不思議に思い彼は必死にその理由を探した。そしてその結果は、何と自分の妻を母親殺しの容疑者にしてしまうことだった。ジョニー・ナンサッチの証言を聞いて疑わなかったからである。その時ユーステイシアが一緒にいた男はワイルディーヴではないか、そして自分がエニシダ刈りに出ている時は、いつも彼と一緒だったのではないかという疑心暗鬼でクリムは心をいっぱいにするのであった。もはや彼には彼女が潔白だという証拠が得られるまで、二度と心に平安は来ない。このクリムの心情は、正にシェイクスピアの悲劇の主人公、妻デズデモーナの不貞を疑うオセロの精神状態と同じなのである。クリムは豹変し、嫉妬に狂い、妻と激突し暴言を吐き、妻の人格を傷つけ、妻に立ち上がれない程の仕打ちをするのであった。クリムは自分が母親に対して犯した罪を全てユーステイシアに転嫁したわけである。

一方、誇り高いユーステイシアは、あの日一緒にいたワイルディーヴの名を決して明かさず、永遠の別れを告げてクリムのもとを去り、実家であるヴァイ大佐の家へ帰る。ピストル自殺を考えるが、ユーステイシアに思いを寄せていたチャーリーはピストルを隠し、火を焚き、結果的にワイルディーヴを呼ぶことになる。彼はすぐ飛んで来てユーステイシアを見ると、彼女の不幸な状況をただちに理解する。「人に今よりも君を幸せにしてあげられることが、この地球上にあるだろうか？もしあるのならぼくがするよ」（五部五章）と救いの手を差し伸べる。その頃、彼は叔父の遺産一万一、〇〇〇ポンドを得ていた。彼女はパリへの脱出の手助けを願うのだった。嵐の夜、「わたしは天なる神に何も悪いことはしていないのに、わたしにこんな苦しみを仕掛けるなんて、天なる神は何て厳しいの！」（五部七章）と、彼女は絶望の末、堰へ飛び込む。彼女を救おうと、重いコートのまま堰に飛び込んだワイルディーヴも死ぬ。残されたクリムは悔いの日々を送り、日課として母の眠る教会墓地へ、そして自殺したユースティシアの葬られた囲い地の共同墓地へ参るのであった。

七

二人のヒロインは共に少女時代に読み耽った恋愛小説の中で語られているような、ロマンティックな男女関係が、結婚により自分にも同様に起こりうるものと期待したが、現実はそうは行かず不満ばかりの日々を送ることになる。

エンマの場合は夫に何か肉体的な欠陥があったわけではない。二人の間には女児も授かる。しかしエンマは夫の全てに不満を抱いたのである。フローベールはこのエンマを嘘つきの俗物根性の持ち主として、情け容赦なくリアルに自由に描いている。八年間の夫婦生活の間に、ロドルフとレオンの二人と姦通するが、彼女に罪の意識は無い。だが夫には知られてはならないと思っている様子は見える。シャルルが常にエンマを愛し続けているのを自覚してのことだろうか。官能的な自分の欲望を満たすため、それだけのために生きたが、彼女は死ぬまで自分が幸福だとは思わなかったのである。

一方、ユースティシアの場合は、先ず年齢差は一〇歳近くもあり、夫のクリムはオイディプス・コンプレックスの持ち主であり、性的能力は希薄であった。情熱的な恋に落ち結婚はしたものの、クリムが半盲になるなど、彼が妻ユースティシアの心情を読み取ることができない比喩となっている。クリスチャンの性的不能と同様、クリムもユーステイシアの情熱的本能を満足させることは不可能であったのだ。　ワイルディーヴとのダンスシーンがそれを良く物語っていた。しかし、ハーディは結婚式という神の前での契約を重要視して、彼らの間には何も起こさせない。握手さえさせない。快楽的ではあるが、ユーステイシアは高潔なプライドの持ち主であり、レディキラーの単なる軽薄な悪者だと思われたワイルディーヴも、最期はむしろ哀れを誘う者となった。

ユーステイシアの不満はエンマのそれとは異なる。クリムをパウロのようだと言っているのは、ユーステイシアが口にできない不満を現実的に理解しない夫への切ない訴えであった。クリムとは異なり、ワイルディーヴはユーステイシアの不満の意味を感知し、彼女の不幸な姿を最もよく理解していたのではないかと考えられる。

性本能は形而下的問題として、特にヴィクトリア朝時代には表立って取り上げることが躊躇される事柄であった。しかしながら、実は人間にとって最も重要な問題の一つであったのである。ハーディはこの問題を、ユーモラスな村人たちによる無邪気な会話の中に織り込んだり、あるいは男女の三角関係の中に取り込み、表現しようと試みたのである。

多くの制限や批判のため、後に書き直したり、曖昧にしたりと、ハーディはこの作品に関しては、一九一二年まで加筆修正を続けたのである。それも全て自分の創作した操り人形たちへの愛しさ故のことであったと思われる。ユーステイシアへのそれは最も深いものと言えるのかもしれない。

注

1　テキストの修正過程については、ガトレル編のオックスフォード版を参照した。

引用文献

Casagrande, Peter J. *Unity in Hardy's Novels: 'Repetitive Symmetries.'* London: Macmillan, 1985.

Clarke, Graham. ed. *Thomas Hardy: Critical Assessments*. Vol. 1. Mountfield, East Sussex: Helm Information, 1993. 105–17.

Flaubert, Gustave. *Madame Bovary*. Trans. Gerard Hopkins. Oxford: Oxford UP, 1998.

Hardy, Thomas. *The Return of the Native*. 1878. London: Macmillan, 1974.

——. *The Return of the Native*. Ed. Simon Gatrell with explanatory notes by Nancy Barrineau and a new introduction by Margaret Higonnet. Oxford: Oxford UP, 2008.

Heywood, Christopher. "*The Return of the Native* and Miss Braddon's *The Doctor's Wife*: A Probable Source." *Nineteenth-Century Fiction* 18 (June 1963): 91–94.

Langston, Barry. "Hardy's Capharnaum." *Hardy Society Journal* 12.1 (2016): 70–74.

Millgate, Michael. *Thomas Hardy: A Biography Revisited*. Oxford: Oxford UP, 2004.

Pinion, F. B. *Thomas Hardy: Art and Thought*. London: Macmillan, 1977.

Pykett, Lynn. Introduction. *The Doctor's Wife*. By Mary Elizabeth Braddon. Oxford: Oxford UP, 2008. vii–xxv.

フローベール、ギュスターヴ『ボヴァリー夫人』、伊吹武彦訳、東京、岩波書店、二〇〇二年。

インガム、パトリシャ『トマス・ハーディ』、鮎澤乗光訳、東京、彩流社、二〇一一年。

あとがき

一〇月の初め、蕎麦の花を見に出かけた。金沢の自宅から車で約一時間の、日本三霊峰とか、三名山の一つと称される白山《はくさん》の山麓で、白く小さな花は今まさに満開で、白い絨毯を広げたような蕎麦畑が広がるその向こうには、山々が、緑から青へと少しずつ色を変えながら連なっていた。蕎麦は痩せた土地でも育ち、短期間でも生育するので、とりわけ飢饉の時など重宝されたという。雪深いこの地方の人々は、寒さに強い作物を栽培し、蚕を飼い、草や木で道具や工芸品を作りながら、生と向き合ってきたのであろう。

そんなことを考えていると、眼前の風景が、エグドン・ヒースの風景と重なって見えた。蕎麦の花は紫のヒースの花を想わせて、遠くで野良仕事をしている青年が、一瞬、エニシダを刈るクリムに見えさえした。そんな連想をしてしまったのも、このところ、『帰郷』について考えない日はないという日常が続いているからなのであろう。

一九八六年に発足した「十九世紀英文学研究会」の活動の中心は年に四回開催される例会である。毎回、会員二名が研究発表をし、その後、その発表に基づいて全員で意見交換をする。そうした活動の成果を会の外でも知って頂くために、数年に一度研究書を出版してきた。直近の、四冊目の出版は二〇一七年のことであり、以来、会員たちは「次は『帰郷』論を」と、目標を持って活動を進めてきた。大きな転換点が訪れたのは新型コロナウィルスが日本でも確認された二〇二〇年初めのことで、この年はすべての例会を中止せざるを得なくなった。しかし、一年後には、Zoomを用いたオンライン方式で例会が再会され、さらにその一年半後には、再び同志社女子大学で対面の例会を開催することも可能となった。オンライン方式は、当初は、特に若い会員の発表の場を確保するために始められた次善の策ではあったが、メリットも大きく、現在も対面の例会と並行して継続されていて、より多くの会員の参加が可能になっている。

このように、難局も改革の好機に変えて、この度、五冊目の研究書を上梓できる運びとなったのは、それぞれの会員のたゆみない努力の結果であると言えよう。近年、研究者を取り巻く状況は厳しさを増す一方で、研究に専念することは益々困難になっている。本研究会には、所属先の公務をこなすだけでなく、学会などでの業務、近隣の人々の福利、あるいは家族のサポートなどのために多くの時間を割いている会員も少なくない。そんな状況ではあるが、喜ばしいことに、全体のほぼ半数の一〇名がこの企画に参加する結果となった。中でも、研究会創設メンバーの一人であり、今年九一歳を迎えられた髙橋和子氏が、過去の四度の参加に引き続き、今回も執筆をされていることは、まさに特筆に値しよう。また、今回の出版には不参加でも、どの会員も、相互に高め合い、支え合う大きな力となっていることを、ここに明記しておきたい。

今回の研究書でも、これまでと同様に、取り上げるテーマや方法論に関しては、各自が自由に選択したが、特に調整を必要とすることなく、さまざまなテーマが取り上げられることとなった。そのことは、『帰郷』という作品がいかに多様な読み方をされうるかということの証左とも言えよう。また、使用するテキストも、今回は、統一することを敢えて避けた。『帰郷』は、ハーディが何度も構想を練り直し、一旦雑誌で発表した後も推敲を加え続けたことが顕著な作品であり、現在も内容の異なった複数の版が出版されていることを重視した。

他方、編集方針としてこだわり続けたこともある。『帰郷』から引用をする場合、すべて自身で翻訳した文章を用いるということは当然だとしても、とりわけ、表記の統一には細心の注意を払った。英文学作品を日本語で論じようとする場合、日本語表記が一通りでないことが少なくない。固有名詞のカタカナ表記、送り仮名のルールなど、文字に関することに限らず、例えば、会話を表す鍵括弧の直前で句点を記すのか否かなど、記号に関しても、時代によって違いが見られる。さらに漢字と仮名のいずれを用いるべきかという問題も小さくない。つまり、「正しい」とか「適切な」とか言われるべき表記とそうでない表記の間に明確な境界線を引くことは必ずしも容易ではないと言える。そんな中で培われてきた感覚や好みが、執筆者それぞれで異なることは当然と言える。しかし、今回は、一〇編の集合体、一冊の論文集としての読みやすさを優先した。固有名詞を含む日本語表記は、『ハーディ小事典』（研究社）や『リーダーズ英和辞典』に準拠した。引用文や引用文献の表記法を含め、論文としての形式に関しては、*MLA Handbook*（第六版）に則っている。

結果として、多忙で、かつ、論文執筆においても経験豊富な執筆者たちに、決して誤りとは言えない表記の修正を求めることも少なからずあり、それを申し訳なく感じることもあった。しかし全員がこれまでの習慣や個人的な感覚は傍らに置いて、快く協力して下さったことには、編集者一同心から感謝する次第である。

そして、より良い作品を生涯に亘って求め続けたハーディ同様、この半年、完成稿の提出後も、推敲や修正を重ね続けてきた執筆者それぞれの言葉が、学生や研究者に限らず、これまでハーディを知ることのなかった一般の方々にも、しっかりと届くことを願うものである。

最後に、前作『「はるか群衆を離れて」についての一〇章』に引き続き、本書の出版を快くお引き受け下さり、私どものさまざまな希望に寄り添いつつ、順調な出版に向けてご尽力下さった音羽書房鶴見書店の山口隆史社長に心より謝意を申し述べたい。

木梨　由利

二〇二三年一二月

194
メリル、リン・L.　Lynn L. Merrill 178, 184n
モウル、ホーラス Horace Moule 90
モーガン、ローズマリー Rosemarie Morgan 35, 68, 90, 101–02, 114, 120, 122, 139
森松健介 Morimatsu Kensuke 165n
モルトン、サラ・A.　Sara A. Malton 126–27, 133
モレル夫人 Mrs. Morel [*Sons and Lovers*] 19n

ヤラワ

ユダヤ教 Judaism 9
ラーナー、ローレンス Laurence Lerner 90
ライト、T. R.　T. R. Wright 57, 87
ラムゼイ夫人 Mrs. Ramsay [*To the Lighthouse*] 1–2, 18
ラングストン、バリー Barry Langston 193
ラングバウム、ロバート Robert Langbaum 111, 113, 116, 118–20
ラングランド、エリザベス Elizabeth Langland 75–76
リーガン Regan [*King Lear*] 9
ルソー、ジャン＝ジャック Jean-Jacques Rousseau 192
『新エロイーズ』*Julie ou la Nouvelle Héloise* 192
ロウ、チャールズ Charles Lowe 183n
ロスノウ、ラルフ・L. とファイン、ゲイリー・アラン Ralph L. Rosnow and Gary Alan Fine 129
ロッド、ジェイコブ Jakob Lothe 183n
ロレンス、デイヴィッド・ハーバート David Herbert (D. H.) Lawrence 45–46
『息子と恋人』*Sons and Lovers* 1
ワットン、ジョージ George Wotton 87, 113, 117–18

Magazine 26
ブラックウッド、ジョン John Blackwood 26
ブラッドン、メアリ・エリザベス Mary Elizabeth Braddon 191
『医者の妻』 *The Doctor's Wife* 191
ブラント、ポール・G. Paul G. Blount 89
ブルックス、ジーン・R. Jean R. Brooks 111, 121
プレヴォー、アベ Abbé Prévost 192
『マノン・レスコー』 *Manon Lescaut* 192
ブレン、J. B. J. B. Bullen 19n–20n, 109, 147, 164n
フローベール、ギュスターヴ Gustave Flaubert 191, 193, 206
『ボヴァリー夫人』 *Madame Bovary* 191, 193
プロクター夫人 Mrs. (Anne Benson) Procter 31, 41
プロメテウス Prometheus 20n
プロメテウス的抵抗（反逆） Promethean rebelliousness 17, 61–63
ブロンテ、シャーロット Charlotte Brontë 13
『ジェイン・エア』 *Jane Eyre* 12
ヘイウッド、クリストファ Christopher Heywood 191
ペイジ、ノーマン Norman Page 24, 26, 39, 42n
ヘイズ、トレーシー Tracy Hayes 76–77
ペシミズム、厭世観 pessimism 41, 62, 187
ペニー郵便 Penny Post 146–50, 152, 155, 157, 163–65n
『ベルグレイヴィア』 *Bellgravia* 23, 39
ベンヴェヌート、リチャード Richard Benvenuto 173, 183n
ベンガラ売り、紅殻屋 reddleman 24–26, 29, 36–37, 41, 43n, 138, 151–52, 161–64
望遠鏡 telescope 169, 183n
ホーキンズ、デズモンド Desmond Hawkins 81
『ポールとヴィルジニー』 *Paul et Virginie* 195
ホプキンズ、アーサー Arthur Hopkins 23–24, 39

マ

マイゼル、ペリー Perry Meisel 58
マクナイト、ナタリー Natalie McNight 19n
マコーミック、マージョリー Marjorie McCormick 1, 18, 19n
魔女 witch 8–12, 17–19, 108, 116, 119, 132, 134–36, 141, 143, 194, 196, 199
マティソン、ジェイン Jane Mattisson 58
三隅譲二 Misumi Joji 143
『みにくいアヒルの子』 *The Ugly Duckling* 78
ミュッセ、アルフレッド・ド Alfred de Musset 195
ミリガン、イアン Ian Milligan 147, 164n
ミルゲイト、マイケル Michael Millgate 90, 193
ムーア夫人 Mrs. Moore [*A Passage to India*] 2, 18
メイポール maypole 37–38, 151, 162
メタファー metaphor 17–18
メリメ、プロスペル Prosper Mérimée

lected Letters of Thomas Hardy 23, 69, 81, 103n
『トマス・ハーディ文学ノート』 *The Literary Notebooks of Thomas Hardy* 69, 178
『はるか群衆を離れて』 *Far from the Madding Crowd* 16, 40–41, 127, 148, 158, 193
『微温の人』 *A Laodicean* 148
『日陰者ジュード』 *Jude the Obscure* 148
『緑樹の陰で』 *Under the Greenwood Tree* 39, 74–75, 170
ハーディ、フロ（ー）レンス・エミリ Florence Emily Hardy 31, 82, 89, 169
『トマス・ハーディの生涯 1840–1928』 *The Life of Thomas Hardy 1840–1928* 183n
→『トマス・ハーディの前半の生涯 1840–1891』 *The Early Life of Thomas Hardy 1840–1891* 169, 175, 183n
→『トマス・ハーディの後半の生涯 1892–1928』 *The Later Years of Thomas Hardy 1892–1928* 169, 183n
パーディ、リチャード・リトル Richard Little Purdy 47, 103n
バーバー、リン Lynn Barber 178, 180, 184n
ハイマン、ヴァージニア・R. Virginia R. Hyman 51
ハイルマン、アン Ann Heilmann 50–51
ハウ、アーヴィング Irving Howe 19n, 94
博物学 natural history 177–78, 180, 184n
パストラル（的） pastoral 168, 175, 177, 179, 182–83n
パターソン、ジョン John Paterson 20n, 46, 76, 173, 183n
バトラー、ランス・セント・ジョン Lance St John Butler 109–10
ハネルツ、ウルフ Ulf Hannerz 128
パノラマ panorama 167, 170, 177, 184n
バフチーン、ミハイル Mikhail Bakhtin 183n
バルー、ヴァーン・L. とバルー、ボニー Vern L. Bullough and Bonnie Bullough 70
バルザック、オノレ・ド Honoré de Balzac 195
ピカレスク小説 picaresque novel 12
悲劇 tragedy 168–69, 172–73, 175, 177, 179–83n
ピケット、リン Lynn Pykett 191
ヒゴネット、マーガレット・R. Margaret R. Higonnet 68, 196
ピニオン、F. B. F. B. Pinion 41, 90, 196
ビョーク、レナート・A. Lennart A. Björk 92
ヒル、ローランド Rowland Hill 148–49
ファース farce 14
ファム・ファタール femme fatale 194
フィッシャー、ジョー Joe Fisher 111
ブーメラ、ペニー Penny Boumelha 19n, 32, 70, 95, 111, 116
不可知論（者） agnosticism 7, 187
福岡忠雄 Fukuoka Tadao 20n
フライシュマン、アヴロム Avrom Fleishman 47
『ブラックウッズ・マガジン』 *Blackwood's*

75, 82–83n
聖母マリア Virgin Mary 9–10
『セクシュアリティ基本用語辞典』*Sexuality: The Essential Glossary* 83n
セクシュアル・イデオロギー sexual ideology 155
セネカ Seneca 183n

タ

ダーウィニズム Darwinism 188
ダーウィン、チャールズ Charles Darwin 5, 20n
ダイアー、エドワード Edward Dyer 53, 65n
「わたしの心は、わたしにとって王国である」'My Mind to Me a Kingdom Is' 53, 65n
高橋義人 Takahashi Yoshito 10, 20n
高山宏 Takayama Hiroshii 184n
ダッタ、シャンタ Shanta Dutta 111
堕落した女 fallen woman 155, 159
ダレスキ、ヒレル・マシュー Hillel Mathew Daleski 42, 61
直喩 simile 78
ディケンズ、チャールズ Charles Dickens 147
ディーン、レナード・W. Leonard W. Deen 71, 87, 113–15, 123, 173, 183n
デイヴ、ジャグディッシュ・チャンドラ Jagdish Chandra Dave 107, 117
ティリー、クリストファー Christopher Tilley 147, 164n
鉄道 railway 152, 164
デュマ、アレクサンドル・フィス Alexandre Dumas fils 194
トマス、ジェイン Jane Thomas 76
『トマス・ハーディ辞典』*A Thomas Hardy Dictionary* 82n-83n
トマリン、クレア Claire Tomalin 27, 33, 41
富山太佳夫 Tomiyama Takao 184n
トロロープ、アントニー Anthony Trollope 147
トンプソン、エドワード・P. Edward P. Thompson 131

ナ

ナップ、ロバート・H. Robert H. Knapp 143
ニュー・ウェセックス版 New Wessex Edition 70, 83n
『ニュー・クォータリー・マガジン』*New Quarterly Magazine* 43n
ノウルズ、ロナルド Ronald Knowles 183n

ハ

ハーディ、エマ Emma Hardy 34, 127
ハーディ、ジマイマ Jemima Hardy 19n, 34
ハーディ、トマス Thomas Hardy 23, 69, 81, 89, 146, 178
『カスターブリッジの町長』*The Mayor of Casterbridge* 16, 148, 156, 158
「蛾の合図」"The Moth-Signal (On Egdon Heath)" 160
『森林地の人々』*Woodlanders* 41
『ダーバヴィル家のテス』*Tess of the d'Urbervilles* 126, 148, 162
『塔上の二人』*Two on a Tower* 169
『トマス・ハーディ個人的著作集』*Thomas Hardy's Personal Writings* 69, 89, 146
『トマス・ハーディ書簡集』*The Col-*

サムナー、ローズマリー Rosemary Sumner 57, 116
サンド、ジョルジュ George Sand 69, 89–92, 195
『歌姫コンシュエロ』 *Consuelo* 69
『ガブリエル』 *Gabriel* 69
『モープラ』 *Mauprat* 69, 90
シーモア=スミス、マーティン Martin Seymour-Smith 24, 39
シェイクスピア、ウィリアム William Shakespeare 73, 205
『お気に召すまま』 *As You Like It* 73
『十二夜』 *Twelfth Night* 73
『リア王』 *King Lear* 3, 14, 16, 20n
シェイクスピア悲劇 Shakespearean tragedy 14, 19
ジェンダー gender 73, 75, 82, 155
ジオラマ（的） diorama 167–68, 171, 177, 181, 183n
視覚文化 visual culture 168, 177
シスジェンダー cisgender 74
写真 photograph 177
シュエク、ロバート・C. Robert C. Schweik 103n
ジョルダーノ、フランク・R. ジュニア Frank R. Giordano, Jr. 91, 103n, 112, 115
ジョンソン、ブルース Bruce Johnson 116–17, 121
スキミティ・ライディング（ライド） skimmity-riding (ride) 131–32, 156
スクワイアーズ、マイケル Michael Squires 183n
スターリング、レベッカ・バーチ Rebecca Birch Stirling 130–31, 136
スチュアート、J. I. M. J. I. M. Stewart 46, 61
スティーブン、レズリー Leslie Stephen 91, 103n
ステイヴ、シャーリー・A. Shirley A. Stave 10, 43n, 76, 87, 94
ストゥルッツィエーロ、マリーア・アントニエッタ Maria Antonietta Struzziero 73
スパックス、パトリシア・マイヤー Patricia Meyer Spacks 128, 133, 138
スプリンガー、マーリーン Marlene Springer 20n, 52, 62, 122
スプレッチマン、エレン・ルー Ellen Lew Sprechman 71
『スペクテイター』 *The Spectator* 192
スレイド、トニー Tony Slade 103n, 162, 165n
聖書 Bible 2, 7–8, 16, 20n, 46–49, 52, 62, 64
イザヤ書 Isaiah 5
コリント人への第一の手紙 I Corinthians 50
山上の垂訓 Sermons on the Mount 52
創世記 Genesis 7, 15
マタイによる福音書 Gospel of Matthew 2, 48, 52
ヨハネによる福音書 Gospel of John 49
ルカによる福音書 Gospel of Luke 52
列王記上 I Kings 52
ローマ人への手紙 Epistle to Romans 49
『聖ジョージ』 *Saint George* 71
性的少数者（派）、性的マイノリティ sexual minority 74, 76, 78, 82
性的不能者 impotent 188, 190
性の多様性 sexual diversity 68, 73,

オールティック、R. D.　R. D. Altick 165n, 167, 171
『オックスフォード英語辞典』 *The Oxford English Dictionary* 65n, 70, 82n–83n, 128–29
オックスフォード・ワールズ・クラシックス版 Oxford World's Classics Edition 42n–43n, 70, 83n

カ

ガーソン、マージョリー Marjorie Garson 11, 23, 32, 35–36, 43n, 93–94
階級 class (system) 152–53, 155, 165n
カサグランディ、ピーター・J. Peter J. Casagrande 118, 190
ガトレル、サイモン Simon Gatrell 23, 43n, 74–75, 108, 196, 208n
ガトレル、サイモンとドリン、ティム Simon Gatrell and Tim Dolin 183n
仮面劇 mummer's play 60, 68–72, 151, 162
川上善郎 Kawakami Yoshiro 131
『祈祷書』 *The Book of Common Prayer* 54, 65n
ギフォード、テリー Terry Gifford 183n
キャンベル=スミス、ダンカン Duncan Campbell-Smith 149
ギリシア悲劇 Greek tragedy 14–16, 19, 40, 169
キリスト Christ 2, 5–7, 9
キリスト教 Christianity 2, 4, 9, 12
ギルバート、サンドラとグーバー、スーザン Sandra Gilbert and Susan Gubar 11
キング、ジャネット Jeannette King 183n
ギンディン、ジェイムズ James Gindin 151
グィリー、ローズマリー・エレン Rosemary Ellen Guiley 131
グッド、ジョン John Goode 76
クラーク、グレアム Graham Clarke 192
グランディズム Grundyism 81
クリステヴァ、ジュリア Julia Kristeva 147
クレイマー、デール Dale Kramer 57
ケーラー、カリン Karin Koehler 147, 149, 155, 157–58
　『トマス・ハーディとヴィクトリア朝のコミュニケーション』 *Thomas Hardy and Victorian Communication* 147
原罪 original sin 2, 6–7, 9, 16, 20n
顕微鏡（的） microscope 167, 175–78, 180, 182, 184n
合理的娯楽 rational amusement 177, 184n
ゴールデン、キャサリン・J. Catherine J. Golden 147, 155, 157, 165n
コックス、R. G.　R. G. Cox 43n
ゴネリル Goneril [*King Lear*] 9
コミック・リリーフ comic relief 14, 183n
コント、オーギュスト Auguste Comte 150
コンラッド、ピーター Peter Conrad 182

サ

サートン、メイ May Sarton 13, 20n
　『今かくあれども』 *As We Are Now* 13, 20n
佐竹幸信 Satake Yukinobu 147, 164n
『サタデー・レヴュー』 *Saturday Review* 91

索　引

ア

アーウィン、マイケル　Michael Irwin　108

アウエルバッハ、ニナ　Nina Auerbach158–59

『アカデミー』 *The Academy*　192

『アシニーアム』 *The Athenaeum*　191

アリストテレス詩学　Aristotelian poetics　183n

アルテミス=ディアナ　Artemis=Diana　9

アレン、デイヴィッド・エリストン　David Elliston Allen　184n

アワノ、シュウジ　Shuji Awano　20n, 47

アンビギュアス、曖昧（な）　ambiguous　75, 79–80, 188, 207

異性装　cross(-)dressing　68, 70, 72–73, 81–82

稲田浩二　Inada Koji　143

インガム、パトリシャ　Patricia Ingham　101, 188

インターセックス　intersex　78, 80, 83n

ウィーバー、カール・J.　Carl J. Weber　69, 90, 164n–65n

ウィーラー、オーティス・B.　Otis B. Wheeler　183n

ヴィガー、ペネロペ　Penelope Vigar　114

ヴィクトリアン・マザー　Victorian mother　1

ウイッチクラフト　witchcraft　131–32

ウィリアムズ、ダニエル　Daniel Williams　126

ウェセックス版　Wessex Edition　39, 183n

上山安敏　Ueyama Yasutoshi　9–10, 17

ウェルドン、フェイ　Fay Weldon　11, 20n

　『魔女と呼ばれて』 *The Life and Loves of a She Devil*　11, 20n

ウッド、J. G.　J. G. Wood　178–80, 184n

　『田舎でよく見かけるもの』 *The Common Objects of the Country*　178

　『イングランド国内の昆虫』 *Insects at Home: Being a Popular Account of British Insects, Their Structure, Habits and Transformations*　178

　『よく見かけるイギリスの甲虫』 *Common British Beetles*　178

　『よく見かけるイングランドの蛾』 *The Common Moths of England*　178

ウルフ、ヴァージニア　Virginia Woolf　12

エイブラムズ、M. H. とハーファム、ジェフリー・ゴールト　M. H. Abrams and Geoffrey Galt Harpham　183n

エヴァンズ、ロバート　Robert Evans　100

エッグ、オーガスタス　Augustus Egg　155

　『過去と現在』 *Past and Present*　155

エルジービーティーキューアイ　LGBTQI　74, 82n

エンスティス、アンドルー　Andrew Enstice　95, 122

オイディプス・コンプレックス　Oedipus complex　188, 199, 204, 206

オースティン、ジェイン　Jane Austen　147

太田愛之　Ota Yoshiyuki　128

金子　幸男（かねこ　ゆきお）

西南学院大学教授　博士（文学）

［主要業績］

『英国小説研究 第27冊』（共著、英宝社、2019）、『英語圏小説と老い』（共著、開文社、2020）、「田舎に向かう19世紀のイングリッシュネス――カントリーハウスとコテッジにみるホームの変遷――」（博士学位論文、京都大学、2022）

髙橋　和子（たかはし　かずこ）

日本ハーディ協会運営委員

［主要業績］

『不可知論の世界――T. ハーディをめぐって――』（単著、創元社、1993）、『「カスターブリッジの町長」についての11章』（共著、英宝社、2010）、『「はるか群衆を離れて」についての10章』（共著、音羽書房鶴見書店、2017）

2020)、『言葉を紡ぐ――英文学の 10 の扉』(責任編集、音羽書房鶴見書店、2023)

杉村　醇子(すぎむら　じゅんこ)

阪南大学教授　博士(文学)

[主要業績]

"Discord in the Family of *Under the Greenwood Tree*"(『ハーディ研究』第 43 号、2017)、『「はるか群衆を離れて」についての 10 章』(共著、音羽書房鶴見書店、2017)、「母性表象から考える *The Return of the Native* 第 6 部の意義」(『ハーディ研究』第 46 号、2020)

北脇　徳子(きたわき　とくこ)

京都精華大学名誉教授

[主要業績]

『「カスターブリッジの町長」についての 11 章』(共編著、英宝社、2010)、『文藝禮讃――イデアとロゴス――内田能嗣教授傘寿記念論文集』(共著、大阪教育図書、2016)、『「はるか群衆を離れて」についての 10 章』(共著、音羽書房鶴見書店、2017)

橋本　史帆(はしもと　しほ)

関西外国語大学准教授　博士(文学)

[主要業績]

『トマス・ハーディの小説世界――登場人物たちに描き込まれた国際事情と「グレート・ブリテン島」的世界』(単著、音羽書房鶴見書店、2019 年)、「トマス・ハーディの『日陰者ジュード』における登場人物たちの移住と帰国の意味」(『研究論集』第 113 号、関西外国語大学、2021)、『言葉を紡ぐ――英文学の 10 の扉』(共編著、音羽書房鶴見書店、2023)

高橋　路子(たかはし　みちこ)

近畿大学准教授　博士(文学)

[主要業績]

『幻想と怪奇の英文学 IV』(共著、春風社、2020 年)、『終わりの風景――英語圏文学における終末表象』(共著、春風社、2022 年)、『言葉を紡ぐ――英文学の 10 の扉』(共著、音羽書房鶴見書店、2023)

執筆者紹介（執筆順）

風間　末起子（かざま　まきこ）

同志社女子大学特別任用教授　博士（英語英文学）

［主要業績］

『フェミニズムとヒロインの変遷――ブロンテ、ハーディ、ドラブルを中心に』（単著、世界思想社、2011）、「妖精 Marty South の住む森――移動の表象としての土地」（『ハーディ研究』第 43 号、2017）、トマス・ハーディ全集『はるか群衆をはなれて』（共訳、大阪教育図書、2020）

木梨　由利（きなし　ゆり）

金沢学院大学名誉教授

［主要業績］

『めぐりあうテクストたち――ブロンテ文学の遺産と影響』（共著、春風社、2019）、『エリザベス・ボウエン――二十世紀の深部をとらえる文学』（共著、彩流社、2020）、『言葉を紡ぐ――英文学の 10 の扉』（共著、音羽書房鶴見書店、2023）

筒井　香代子（つつい　かよこ）

大阪公立大学非常勤講師

［主要業績］

「都市生活がもたらしたもの――*Jude the Obscure* を中心に」（『ハーディ研究』第 31 号、2005）、『「はるか群衆を離れて」についての 10 章』（共著、音羽書房鶴見書店、2017）、「トマス・ハーディ『日陰者ジュード』の二人の男性――ジュードとフィロットソンに見る〈新しい男〉の表象――」（『QUERIES』第 53 号、大阪市立大学、2020）

渡　千鶴子（わたり　ちづこ）

元関西外国語大学教授

［主要業績］

『「はるか群衆を離れて」についての 10 章』（共編著、音羽書房鶴見書店、2017）、トマス・ハーディ全集『ラッパ隊長』（共訳、大阪教育図書、

十九世紀英文学研究会　その他会員

（50音順）

粟野　修司（あわの　しゅうじ）　元佛教大学教授
河井　純子（かわい　じゅんこ）　関西大学非常勤講師
坂田　薫子（さかた　かおるこ）　日本女子大学教授
清水　伊津代（しみず　いつよ）　元近畿大学教授
清水　緑（しみず　みどり）　神戸女子大学名誉教授
菅田　浩一（すがた　こういち）　文学研究者
那須　雅吾（なす　まさご）　同志社大学名誉教授
西山　史子（にしやま　ふみこ）　神戸大学非常勤講師
福岡　忠雄（ふくおか　ただお）　元関西学院大学教授
古野　百合（ふるの　ゆり）　鈴鹿工業高等専門学校准教授
山根　真由美（やまね　まゆみ）　川崎医療福祉大学准教授

『帰郷』についての10章

2024年3月1日　初版発行

責任編集　渡　千鶴子
編 著 者　北脇徳子
　　　　　木梨由利
　　　　　筒井香代子
発 行 者　山口隆史
印　　刷　シナノ パブリッシングプレス

発行所　株式会社 音羽書房鶴見書店
〒113-0033 東京都文京区本郷3-26-13
TEL 03-3814-0491
FAX 03-3814-9250
URL: https://www.otowatsurumi.com
e-mail: info@otowatsurumi.com

Printed in Japan
ISBN978-4-7553-0443-9
組版　ほんのしろ／装幀　吉成美佐（オセロ）
製本　シナノ印刷株式会社